さくら舞う

立場茶屋おりき

今井絵美子

時代小説文庫

角川春樹事務所

目次

さくら舞う

妙国寺《みようこくじ》の山門を潜《くぐ》ろうとすると、桜の花弁《はなびら》が眼前で渦《うず》を巻くように流れていった。

おやっ、とおりきは日を瞠《みは》った。

春嵐《はるあらし》とまではいかないまでも、今朝は少し風が強い。

だが、春疾風《はるはやて》に運ばれたとしても、いかにいっても、御殿山《ごてんやま》とここ品川宿門前町《しながわしゆくもんぜんちよう》とは離れている。

誰かの着物についてきたのだろうか……。

そう思った刹那《せつな》、また、ひらりと花弁が舞った。

四ツ（午前十時）を過ぎ、朝のいっときの賑《にぎ》わいは去ったか、南本宿《みなみほんじゆく》との境界である傍《ぼう》示杭《じくい》のあたりでは、お伊勢講《いせこう》の連中が旅送《たびおくり》たちと名残《なごり》を惜《お》しみ、客待ちの旅四手《たびよつで》（旅用四手駕籠《かご》）もちらほらと見える。

その中を、早宿次《はややどつぎ》や飛脚《ひきやく》が荷を肩に、雑踏《ざつとう》を縫《ぬ》うようにして、駆け抜けていった。

比較的長閑《のどか》な風情《ふぜい》で、ゆったりと脚《あし》を運んでいるのは、旅慣れた行商人《ぎようしようにん》か行脚《あんぎや》であろうか。

菅笠《すげがさ》も振分荷物《ふりわけ》も、見事といっていいほど、身体《からだ》に馴染《なじ》んでいる。

おりきはあっと息を呑《の》んだ。

柳馬場《やなぎばば》の雨合羽《あまがっぱ》に提胴乱《さげどうらん》、草鞋履《わらじば》きといった行脚の竹の子笠に、桜の花弁がひと片《ひら》、ふた片……、恰《あたか》も、塗笠《ぬりがさ》の漆絵《うるしえ》さながら散っているのだった。

旅の途上で立ち寄った、御殿山からの小粋《こいき》な餞《はなむけ》であろうか……。

端《はし》なくも、おりきはそのおこぼれを頂戴《ちょうだい》したことになる。

「おりきさん、やはり、こちらでしたか」

その声に振り返ると、宿老《しゅくろう》であり店頭《たながしら》でもある、近江屋忠助《おうみやただすけ》が立っていた。

「今し方、おまえさんの見世《みせ》に寄ったのだが、見世にも旅籠《はたご》にも姿が見えなかった。女中頭《じょちゅうがしら》のおうめに訊《き》くと、今日は先代《せんだい》の月命日《つきめいにち》だというじゃないか。天晴《あっぱ》れなものだ。あれからもう五年になるってェのに、おまえさん、祥月命日《しょうつきめいにち》ばかりか、月命日の参詣《さんけい》を欠かしたことがないのだって？　あたしなんぞ、親の祥月命日がいつだったかなんてことも忘れちまいましたがね」

結構人《けっこうじん》の忠助は、世話好きと甲羅《こうら》を経た太《ふと》っ腹《ぱら》なところが買われ、品川宿門前町の店頭を務めている。

忠助はまだ四十半《なか》ばだが、半白《はんぱく》の鬢《びん》がちょん髷《まげ》しか結えないほど薄くなっている。

だが、すっかり月代《さかやき》の広くなった額《ひたい》や頬《ほお》にはてかりとした艶《つや》があり、通人《つうじん》らしく、黒紗綾《くろさや》の着物に紙衣羽織《かみこばおり》という出立《いでたち》は、忠助を年より若く見せていた。

「先代には言葉に尽くせないほどの恩義がありますので。それより、近江屋さん、何かわたくしにご用が……」

おりきはおぼおぼしい笑いを返した。

「おお、そうだった。実はな……」

忠助はそう言い差すと、つと視線を四囲に配った。

「ここで立ち話というのも興《きょう》がありませんな。かといって、茶屋では壁に耳、徳利《とっくり》に口とくる。おりきさん、先代の参詣はもうお済みになりましたかな」

「ええ。これから海蔵寺《かいぞうじ》に廻《まわ》るところでした」

「ほう……。するてェと、先代の女将《おかみ》に倣《なら》い、おりきさんも毎月海蔵寺に詣《まい》られるのですね」

「ええ……」

おりきは言葉に詰まった。

海蔵寺詣りは誰に頼まれたというわけでもなく、女中頭のおうめなど、先代は義理があって毎月の海蔵寺詣りをしたのだ、何も、女将さんがそこまですることはないだろうに、と言うのだが、なぜかおりきの脚は、毎度、妙国寺から海蔵寺へと向かってしまうのだった。

海蔵寺は別名投込寺《なげこみでら》と呼ばれる。

鈴《すず》ヶ森《もり》で処刑された罪人や、身寄りのない遊女《ゆうじょ》を葬《ほうむ》った寺であるが、先代の立場《たてば》茶屋おりきの女将が、なぜ、月に一度の参詣を欠かさなかったのか、古参《こさん》のおうめや大番頭《おおばんとう》の達吉《たつきち》も知らないという。

ただ、立場茶屋おりきが神奈川鶴見村横町《つるみむらよこまち》にあった頃から、先代の下《もと》で働く達吉だけは、何事か知っているように見受けられた。

いつだったか、それとなく尋ねてみたのだが、達吉は闇《くら》がりに牛を繋《つな》ぐといった具合に、うそりうそりと空《くう》を食《く》った答えしか返してこなかった。

ならば……と、おりきにも差出《さしで》をするつもりはない。

誰にでも、人に言いたくない過去はあるものだ。

現に、おりきにしても、立木雪乃《たちきゆきの》という名を捨て、故郷《くに》を捨てた経緯があった。

だが、先代が亡くなった現在《いま》、何ゆえ、おりきが武家を捨てたか知る者は、皆無といっていいのである。

「では、あたしもお供を致しましょう。なに、歩きながら話すほうが、却《かえ》って安心だ」

忠助はそう言うと、せかせかと刻《きざ》み足に、妙国寺の脇《わき》を入っていった。

なだらかな坂を上がると、左手に心海寺《しんかいじ》を臨《のぞ》み、右手に本覚寺《ほんがくじ》。その先に願光寺《がんこうじ》、海蔵寺と並んでいる。

「いえね、また、堺屋《さかいや》がいちゃもんをつけてきましてね。本来、立場茶屋というのは、旅人に湯茶《ゆちゃ》や一膳飯《いちぜんめし》、酒肴《しゅこう》を供する休息所であり、宿泊を目的とするものではない。それを、立場茶屋おりきと釜屋《かまや》だけが旅籠として商《あきな》いが許されるのは片落《かたおとし》である、とまあこうなのですよ。そりゃね、確かに、天保《てんぽう》十四年(一八四三)、立場茶屋と旅籠の区別はきっちりとつけられましたよ。だが、おりきと釜屋は浪花講《なにわこう》の鑑札《かんさつ》を持っている。本陣並《ほんじんな》みの門構えもしていない。宿代とて、ほかの旅籠と差があるわけではありませんからね。寧《むし》ろ、おまえさんのところなど、うちなどより高直《こうじき》と聞いたが……。まっ、立場茶屋おりきは京で修業した板頭《いたがしら》を使い、什器《じゅうき》も先代が凝《こ》りに凝ったといいますからな」

　忠助が仕《し》こなし顔《がお》で言う。

「いいえ、そんなに高くはないのですよ。宿賃もほかと変わりはないのですが、ただ、お客さまが宿賃のほかに祝儀《しゅうぎ》をつけて下さいますので、いつしか、そんなふうに伝わったのでしょう。わたくしの代になって、祝儀はお断りしようとしたのですが、寧ろ、反感を買ってしまいました。旅籠は精一杯のもて成《な》しをする。客はその心意気に感じて花を持たすのだ。少なくとも、立場茶屋おりきの客は、それを誇りに思っている。そんなふうに言われましたなら、先代が築き上げた信頼や矜持《きょうじ》を、わたくしの代で台なしにしてはならないような気がします」

「おいおい、そんなふうに口占《くちうら》を取ってもらっちゃ困るよ。あたしはね、文句を言っているわけではありませんよ。そうではなく、堺屋が四の五の小《こ》びっせえことを言ってきたとしても、おりきは鑑札を持った由緒《ゆいしょ》ある旅籠だ。毅然《きぜん》としていればいいと言いたかったのですよ。まっ、門前町の店頭として、堺屋の訴状《そじょう》は一蹴《いっしゅう》しましたがね。ところが、あのすかたん、今度は、道中奉行《どうちゅうぶぎょう》に訴え出ると息巻きましてね。なに、案じることはありません。この件は、御奉行も先刻《せんこく》ご承知。相手になさることはないでしょう」

「でも、なぜ堺屋は今になってそんなことを……」

海蔵寺の目前まで来て、忠助は息が上がったのか、脚を止めた。前屈《まえかが》みのまま膝《ひざ》に手をつき、片息《かたいき》を吐《つ》いている。

「知れたこと……」

忠助は顔を上げたが、ばつが悪そうに、苦笑《にがわら》いした。

「年は争えませんな。これしきのことで、もう息が上がる。いえね、堺屋も札《ふだ》がほしいのですよ。先つ頃《さいつころ》、南や北ばかりか、歩行新宿《かちしんじゅく》の店頭にまで、袖《そで》の下を摑《つか》ませたそうだが、ふん、尻《しり》に目薬。浪花講の鑑札なんてあなた、実績のある旅籠とてそうそう手に入るものではありません。しかも、北や南にいくら鼻薬を嗅《か》がそうと、門前町の店頭はこのあたしです。奴らに文句は言わせません」

忠助は小胸《こむね》の悪いことでも思いだしたのか、眉根《まゆね》を寄せた。

品川宿は江戸よりから、歩行新宿、北本宿《きたほんじゅく》、南本宿と三宿に分けられ、南本宿の先が、品川宿門前町である。

当時、幕府は新吉原《しんよしわら》と品川宿を公認売春街として認めていたが、新吉原が北と呼ばれ、遊女の玉銭《ぎょくせん》も一両が相場とされるのに比べ、品川宿は南、もしくは海と呼ばれ、揚《あ》げ代も四百文から七百文と破格に安く、庶民に親しまれていたのである。

ところが、門前町は少しばかり趣《おもむき》が違った。

飯盛女《めしもりおんな》を置く遊里《ゆうり》も少なく、殆《ほとん》どが、宿泊を目的とした旅籠と、立場茶屋なのである。花を売ってなんぼの世界ではない……。

忠助には白店《しらだな》（堅気《かたぎ》の見世）としての矜持があった。

店頭というのは遊里や岡場所《おかばしょ》で、私的に取り締まりをする者のことを指したが、門前町はほかの三宿と違い、旅籠寄合《はたごよりあい》の中から、人望が篤《あつ》く、甲羅《こうら》を経た近江屋忠助が選ばれたのである。

「ですからね、さほど懸念《けねん》することはありません。堺屋のことだ、なんのかんのと嫌味《いやみ》のひとつも言ってこようが、辛抱《しんぼう》の棒《ぼう》が大事。いえね、それをちょいと忠告しておきたかったのですよ。では、あたしはここいらで失礼致しますよ」

ひと息吐いたのか、忠助の顔には生気《せいき》が戻っていた。

おりきは坂を下っていく忠助に、深々と辞儀をした。

海蔵寺の参詣を済ませて、おりきは帰途についた。

毎月のことながら、首塚に線香を手向《たむ》け、頭《こうべ》を深く垂《た》れていると、清閑《せいかん》とした境内《けいだい》を縫うようにして、無縁仏《むえんぼとけ》や餓鬼《がき》たちの、無情《むじょう》の叫びが聞こえてくるような気がするのだった。

風に煽《あお》られひたひたと、木々の擦《す》れ合う音までが、どこか啜《すす》り泣く声に聞こえてくる。

おりきには、先代の女将が毎月この首塚に参詣した理由は、分からない。

だが、それでもいいと思っている。

確かに、先代の遺志を継《つ》ぐつもりで始めた参詣であったが、現在《いま》では、なんだか自分のために詣っているような気がするのだった。

首塚に葬られた者の大方《おおかた》は、無念の涙を流し、苦しみ悶《もだ》え、またある者は罪の意識に苛《さいな》まれながら、引き取り手のないまま、この塚に投げ込まれていったのである。

おりきは先代の女将に拾われてから、いつまでも捨てきれない怨嗟《えんさ》の念に、喘《あえ》ぐほどに煩悶《はんもん》した。

「復讐《ふくしゅう》しようなんて気持は捨てておしまい。恨《うら》むんじゃないよ。仇怨《きゅうえん》なんてものは、また新たな恨みを生むだけだからね」

先代にそう言われたときには、まだ心に修羅《しゅら》の焰《ほのお》を抱えていた。

だが、あるとき、首塚に手を合わせていると、ふっと憑物《つきもの》でも落ちたかのような気持に陥《おちい》った。

捨ててしまおう……。

今、この瞬間、心に秘めた修羅の妄執《もうしゅう》を、この塚の中に封じ込めてしまうのだ……。

そんなふうに思うと、なんだか、肩のあたりが軽くなったような気がした。

あれから何年になるだろうか……。

おりきは現在《いま》、先代の遺志を継ぎながらも、葬り去った過去に引導《いんどう》を渡し、二度と怨嗟を持たないと誓うために、海蔵寺詣りを続けているのだった。

妙国寺を少し西に下り、品川寺《ほんせんじ》六地蔵《ろくじぞう》の斜交《はすか》いに、立場茶屋釜屋があった。

釜屋は門前町にずらりと軒を連ねる立場茶屋の中でも、一番の大見世である。

立場茶屋おりきは路地を挟んでその二軒先にあり、通りから見ると、比較的小体《こてい》な見世であったが、鰻《うなぎ》の寝床《ねどこ》のように、奥へ奥へと伸びていた。

表の茶屋部分はほかの立場茶屋同様に、大広間を衝立《ついたて》で仕切っただけの殺風景《さっぷうけい》な造りで、広間の横に奥へ通じる土間があり、茶立女《ちゃたておんな》が忙《せわ》しげに板場《いたば》との間を行き来していた。

だが、立場茶屋おりきがほかと違うのは、板場の奥が瀟洒《しょうしゃ》な中庭となっていることである。

土間を渡っていくと中庭に通じ、更にその奥に、粋とも侘《わ》びともつかない茶室ふうの泊まり所が、海に向かって突き出ていた。

宿は数寄屋《すきや》造りで、一部二階建てになっており、客室からは海が見えた。

部屋数は板場や湯殿《ゆどの》、使用人の部屋を除くと、上下合わせても五室とこぢんまりとしているが、先代が宮大工《みやだいく》に依頼し、洒脱《しゃだつ》で乙粋《おつⅠき》な、どこか茶室を想《おも》わせる造りとなっていた。

立場茶屋おりきが旅籠部分を増築した際、口さがない連中は、ふん、隠れ家みてェな宿を造りやがって、と悪態《あくたい》を吐いたそうである。

が、先代女将は歯牙《しが》にもかけなかった。

「そうさ。悪いけど、うちは客を選ばせてもらうからね」

そう、けろりとした顔で言ったという。

だが、茶屋のほうはといえば、至って、庶民的であった。

馬差《うまさし》もちょいと一服と立ち寄れば、旅商人や比丘尼《びくに》も気軽に出入りした。

中には、茶菓《さか》や一膳飯だけでは足りず、肴《さかな》ひと皿で、二刻《ふたとき》（四時間）ばかりもぐだ咄《ばなし》に現《うつつ》を抜かす、喰抜《くらいぬ》け（大酒飲み）もいるのだった。

現に、今も茶屋のほうでは、ひと悶着《もんちゃく》起きていた。

「あっ、女将さん、いいところに帰りなすった」

おりきの姿を見ると、茶屋番頭の甚助《じんすけ》が、渋面《じゅうめん》を作って、慌てたように駆けてきた。

「どうしたというのさ」

おりきがそう言うと、甚助は顎《あご》をしゃくって、座敷のほうを見ろ、と目配《めくば》せした。

すると、座敷の中ほどから、腸《はらわた》が縮み上がりそうな、声山《こえやま》がたった。

見ると、座敷の中ほどで、中間《ちゅうげん》ふうの男が四、五人、雀《すずめ》の酒盛りをしている。

衝立という衝立が押し倒され、ほかの客は座敷の両側に追いやられた恰好《かっこう》で、おっかなびっくり、肩を丸めて箸《はし》を動かしていた。

「半刻（一時間）以上もあの調子でして」

甚助が当惑したように言う。

「あの調子じゃないじゃないか。おまえがついていて、ほかの客に迷惑でしょうが」

「へっ、それが、奴らとんだごろん坊でやして。酒を運んだおよねの臀《しり》を触ったり、無理矢理衝立の中に引き込み、酌《しゃく》をさせようとするもんだから、あっしが出ていって、茶立女は酌取りはしないと説明したんですがね、奴ら、飯盛女を出せ、と開き直りましてね。うちでは飯盛女は置いていない。飯盛女がほしければ、南か北の木宿に行かれたらどうですか、とやんわり断ったのですよ。ところが、それが気に障《さわ》ったのか、途端《とたん》に情《じょう》を張りやして、衝立は倒すわ、座敷中を我が物顔で競《きお》い歩くわ、やりたい放題で……」

「大番頭はどうしました？」

「へい。それが女将さんが出かけられて間もなく、津山藩の先触《さきぶれ》が入ったとかで、道中奉行から呼び出しがかかりましてね」

「本陣に行ったのですね」

「へい」

先刻、近江屋に逢《あ》ったときには、忠助は何も言っていなかった。

するとと、忠助もやはり見世に戻って、初めて、先触が入ったことを知らされたのであろう。

いずれにしても、先触は参勤侍《さんきんざむらい》の宿割りが主な目的で、番頭で事は足りた。

「ちょいとお待ちよ。確か、明日は熊本藩の本行列《ほんぎょうれつ》も入るのだったね」

「へえ……。鉢合《はちあ》わせにならなきゃいいのですがね。細川さまといえば大所帯《おおじょたい》だ。今度も旅籠だけでは間に合わず、近隣の庄屋たちも駆り出されるのでしょうが」

「まっ、そのための先触だ。御奉行や本陣に任せておけば大丈夫でしょうよ」

おりきがそう言ったときである。

座敷の中ほどで、キャッと白声《しらごえ》が上がった。

「女将さん、大変《てえへん》だ！」

甚助の顔から色が失《う》せた。

泥酔《でいすい》し、づぶ六《ろく》になった中間が、子連れの女にのしかかろうとしている。

「よっ、いい腎《けつ》してるじゃねえか。おめえ、このおいどで何人の男を誑《たぶら》かした。よう、おいらにもお裾《すそ》をちょいと分けてくれねえか！」

「あっ、お止《や》め下さい。放《はな》して……」

女が悲鳴を上げる。

おりきは下駄《げた》を脱《ぬ》ぐのももどかしく、座敷に駆け上がった。

「お客さま、お止め下さいませ！」

おりきは男の左腕を摑むと、ぎりりと背中のほうに捩《よじ》った。

「痛《いて》ェ、何しゃあがる……。痛、いて、いて……」

ほかの男たちが血相を変えて、立ち上がった。

片袖《かたそで》を手繰《たぐ》り上げた者もいれば、懐手《ふところで》にした手を思わせぶりに、もぞりと動かす者もいる。

「いいですか、おまえたちが一歩でも動いたら、この男の腕が折れますよ！」

「けっ！　なんて女《あま》だ。おめえは誰だ」

采振《ざいふり》とみられる男が野太い声を上げた。

この男も相当な糟喰《かすくらい》（酒飲み）とみえ、酒錆《さけさび》た顔をしている。

「ご挨拶《あいさつ》が遅れて悪うござんしたね。わたくしはこの茶屋の女主人《あるじ》、おりきにございます」

そう言いながらも、おりきは男を摑む手に、ぎりぎりと力を込めた。

腕を捩られた男は、額から脂汗《あぶらあせ》を滴《したた》らせ、ぜいぜいと喘いでいる。

「おい、おめえ、女将が客に乱暴を働いていいと思ってるのかよォ！」

「乱暴を働いているのは、お客さまではありませんか。うちは遊び女《め》を置かない白店です。それを、お客さまたちは見世の者にばかりか、地娘《じむすめ》（素人女《しろうとおんな》）にまで手をお出しになった。ご覧《らん》なさい。ほかのお客さまが肝《きも》を冷して、隅《すみ》っこのほうで小さくなっているではありませんか」

おりきはそう言うと、子連れの女に、さっ、お行き、と目で合図した。

厠《かわや》に行きたかったのであろう、五歳ほどの男の子が、泣きじゃくりながら、もぞもぞと脚を動かしている。

「おいおいおい、姐《ねえ》さんよう、言ってくれるじゃねえか。おらっちを一体《いってえ》何様だと思ってやがる！」

中では三下《さんした》と思える若い男が、いっぱしの競肌《きおいはだ》を装《よそお》い、また、懐の中で片手をもぞりと動かした。

匕首《あいくち》を呑んでいるのだろう。

だが、そんなことで怯《ひる》むようなおりきではなかった。

「知っていますよ。大方、薩摩屋敷《さつまやしき》の中間だろうが、それがどうしました？　三助《さんすけ》じゃないですか。おまえさんたちに武家に仕《つか》える矜持が雀の涙でもあったならば、与太者《よたもの》みたいな真似《まね》は出来ないはずだ。なんなら、うちから薩摩さまに届け出たっていいんですよ」

「置《お》きゃあがれ！　四の五の御託《ごたく》を並べやがって。おう、酔い覚ましだ。ひと暴れしようじゃねえか！」

若い男が懐から匕首をさっと抜き取った。

見世の中は鼎《かなえ》の沸くような騒ぎとなった。

座敷の片隅に寄り添い、息を殺して瞠《みつ》める者、尻に帆《ほ》をかけて逃げ出す者……。

おりきは客の動向を見届けると、逆手《さかて》に取った男の腕を、すっと放した。

男がふらふらと力尽きたように蹲《うずくま》る。

それを見て、匕首を持った男が飛び込んできた。

おりきは身体を捩って匕首をかわすと、男の手首を摑み、匕首を持ったほうの手に、当《あて》身《み》を入れた。

男の手から匕首がぽろりと落ち、おりきは咄嗟《とっさ》に身体を回転させると、男の腕を捩り上げ、四方投《しほうな》げを打った。

男の身体がばさりと畳の上に転がる。

「へっ、ざまァねえや……。おっ、引き上げようぜ！」

畏《おそ》れをなしたのか、采振が男たちに声をかける。

「よっ、女に負けて七《なな》ふぐり！」

「一昨日《おととい》来やがれ！」

座敷の隅でぱちぱちと心許《こころもと》ない拍手が起こり、つられたように、あちこちから拍手と歓声が上がった。

「お騒がせ致しましたね。相済《あい》みません。どうぞ皆さま、機嫌直しに酒《ささ》など召し上がって下さいませ。下戸《げこ》だと言われるお方には、当店自慢の穴子《あなご》飯《めし》など用意させていただきます。番頭さん、板場に言って、どんどん皆さまに振る舞っておくれ。無論、お代はこっち被《かぶ》りですからね。遠慮しないで召し上がって下さいませ。あっ、番頭さん、あちらさんには、しっかり書出《かきだし》（請求書）をつけとくれ。何も、あいつらにまで奢《おご》ることはないのだからね」

おりきの伝法《でんぽう》な声が飛び、再び、見世に拍手の渦が巻き起こった。


「拝見しましたよ。噂《うわさ》には聞いていましたが、こりゃなかなかのものだ」

下足番《げそくばん》の善助《ぜんすけ》が呼びに来たので吉野屋《よしのや》幸右衛門《こうえもん》の座敷に顔を出すと、縁側《えんがわ》の籐椅子《とういす》に坐《すわ》り海を見ていた幸右衛門が、振り向きざま、相好《そうごう》を崩した。

「えっ……」

おりきの白い頬にすっと朱《しゅ》が注《さ》した。

どうやら、茶屋の立ち回りを見られたようである。

「お恥ずかしいところをお見せしてしまいました」

「なに、恥じることはありませんよ。先代もなかなかの鉄火肌《てっかはだ》だったが、おりきさん、あんたもなかなかどうして、負けてはいませんよ」

「……………」

「門前町とはいえ、ここは品川宿だ。女《おな》ごが男と対等に肩を張って生きていくには、些《いささ》か厳しい場所です。そりゃね、遊里は素《もと》より、旅籠にも立場茶屋にも女将はいますよ。だが、それは見てくれだけのことで、裏にしっかりと操《あやつ》る男がいるものだ。ところが、おりきは違う。わたしは先代の頃からこの宿を贔屓《ひいき》にさせてもらっていますが、先代もおまえさんも、正真正銘の女主人だ。柔《やわ》な女ごでは家長《かちょう》は務まりませんからね。凛《りん》とした熟女であれ。わたしは先代にいつもそう言っていました」

穴があったら入りたいとは、まさにこのことである。

お茶を淹《い》れましょうね、とおりきは長火鉢《ながひばち》のほうに寄っていく。

鉄瓶《てつびん》の湯はしゅんしゅんと滾《たぎ》っていた。

湯冷《ゆざ》ましに湯を注《そそ》ぎ、温めるために、少しだけ湯呑《ゆのみ》にも湯を入れてやる。

茶缶《ちゃかん》の蓋《ふた》を開けると、つんと喜撰《きせん》の苑香《えんが》が鼻を衝《つ》いた。

「おまえさんの淹れてくれる茶は旨《うま》いからな。そうやって、湯呑を温める気扱《きあつかい》が心憎《こころにく》い。

おまえさん、いい女将になられましたな」

「嫌《いや》ですわ、吉野屋さん。耳が痛《いと》うございます。さあ、お茶が入りました」

　杯台《はいだい》に湯呑《の》を載せ、茶菓を添えて幸右衛門の前に出す。

「おっ、加増餅《かぞうもち》か。わたしの好物をよく憶《おぼ》えていてくれましたね」

「お泊まりになると文《ふみ》をいただきましたので、善助が赤坂御門外《あかさかごもんがい》までひとっ走りしてくれました」

「それは……。気を遣《つか》わせてしまいましたね。だが、あの爺《じい》さんの息災《そくさい》なこと。確か、五《い》十路《そじ》は過ぎたと思ったが……」

「五十八になりました」

「ほう。こいつは驚いた。わたしとさして違わないではありませんか。おりきに出入りを始めて、かれこれ二十年か……。善助はわたしよりはるかに年上と思ったのだが……」

「旦那《だんな》さまはお幾《いく》つになられました？」

「五十二だよ」

　幸右衛門はそう言うと、茶をひと口含み、旨い、と目を細めた。

　幸右衛門は京で染物問屋《そめものどんや》を営んでいる。

　始祖《しそ》は元禄《げんろく》にまで遡《さかのぼ》り、当時、一世《いっせい》を風靡《ふうび》した友禅《ゆうぜん》ひいなかたによる友禅染で見世の名を揺るぎないものにしたのだが、天保の改革以降、奢侈《しゃし》禁令《きんれい》により江戸表《えどおもて》の販路が狭《せば》められていた。

幸右衛門はこのところ江戸で流行《はや》りつつある、裾模様《すそもよう》や裏模様《うらもよう》を知見《ちけん》するために、二月《ふたつき》に一度は江戸に出て来るのだった。

「人目につきにくい裏地に凝るなんざァ、江戸者《えどもの》でなければ考えつかない。染めや織りでは京が上手《うわて》だが、質素倹約《しっそけんやく》を逆手に取り、隠れたところで自己主張する、つまり、粋を美意識にまで高めたのだから、これぞ江戸の張《は》り。学ぶところは多大です」

いつだったか、幸右衛門はそんなことを言っていた。

おりきは幸右衛門のその弛《たゆ》まぬ向上心に、胸を打たれたものである。

「ところで、おまえさん、柔術《じゅうじゅつ》はどこでお習いになりました?」

幸右衛門の唐突《とうとつ》にも思える問いに、二番茶《にばんちゃ》を淹れようとしていた、おりきの手が止まる。

「えっ……」

「起倒流《きとうりゅう》かと思ったが、間髪《かんはつ》を入れずに相手の懐に入ったあの技《わざ》は、大東流《だいとうりゅう》の合気武術《あいきぶじゅつ》かとも……」

「何をおっしゃいます。咄嗟に出た夢中の仕種《しぐさ》です。どこで習ったというものではありません」

おりきはそう答えたが、幸右衛門の深く抉《えぐ》れた瞳から放たれる、真摯《しんし》な光には抗《あらが》えなかった。

おりきは急須《きゅうす》を置くと、幸右衛門の目を見据《みす》えた。

「子供の頃、実家《さと》の隣に大東流の道場がありました。家族ぐるみで親しくしてもらっていましたので、ちょくちょく遊びに行っては、稽古《けいこ》の真似事《まねごと》のようなことをやっておりました。けれども、わたくしは女《おな》ごですし、護身のつもりで、遊びとさして変わりはしません。入門したわけではありませんのよ」

おりきの鳩尾《みぞおち》のあたりがちくりと痛んだ。

いつまでたっても、嘘《うそ》を吐くのには慣れなかった。

だが、昔のことは胸の奥底に隠蔽《いんぺい》し、二度と過去は振り返らない、と海蔵寺の首塚に誓ったのである。

「ほう。それはどこで……」

「どこと申しますと」

「おまえさんの故郷《くに》だよ」

「西国《さいごく》にございます」

「西国というと、備中《びっちゅう》かな？」

「いえ、それは……」

おりきは口籠《くちご》もり、差し俯《うつむ》いた。

「どうやら、それ以上は言いたくないようだな。では、詮索《せんさく》するのは止《よ》しましょう。いや、先代からおまえさんのことを根掘《ねほ》り葉掘《はほ》り探るのではないと、きつく釘《くぎ》を刺されていましてね。八年前だったかね、おまえさんがこの宿に来たのは。ひと目《ひと》で、武家の出と判《わか》りましたよ。何ゆえ、おまえさんのように楚々《そそ》とした気品のある女性が、品川宿へ……と、誰もが怪訝《けげん》に思い、興味を引かれましたよ。だが、先代はあの気性《きしょう》だ。烈火《れっか》のごとく憤《おこ》ったねえ。以来、そのことには触れないできた。まっ、おまえさんのほうも、二年もしないうちに品川に馴染んでしまったようだし、それこそ、先代からおりきを任されてからというもの、女将としての風格も出てきた。この頃では、先代が生き返り、そこに坐っているかのような錯覚《さっかく》に、時折ふっと陥ることがありますよ。気っ風《ぷ》といい、客扱いといい、先代そのものだ。実をいうと、今の今まで、おまえさんの元の名を忘れていましたよ。さっきね、おまえさんが部屋に来るまで、海を眺めながら、思い出そうと懸命になっていたのですよ。そうそう、思い出しましたよ。おゆきさん……。確か、そうでしたね」

「はい」

おりきはくすりと笑った。

言われてみれば、その通りである。

当の本人でさえ、雪乃という名を忘れかけていたのである。

「そうだ、今宵《こよい》は久しぶりに鯛麺《たいめん》を頂こうかな」

「鯛は今が旬《しゅん》にございます。巳之吉《みのきち》に申しつけ、活《い》きの良い鯛を用意させましょう」

鯛麺とは、煮鯛《にだい》と素麺《そうめん》をひとつの器《うつわ》に盛り、出汁《だし》に浸《ひた》して食べる料理である。

元は漁師の食べ物というが、京で修業した板頭の巳之吉は、盛りつけに工夫を凝らし、含め椎茸《しいたけ》、錦糸《きんし》玉子《たまご》、菜の花、茹《ゆ》でた車海老《くるまえび》などを彩《いろど》りよく配《あしら》い、見た目にも豪華な一品に仕立てるのだった。

「出立《しゅったつ》は明朝にございますか」

「ああ。五ツ（午前八時）には出立しましょう。善助から聞いたが、熊本藩の参勤が入るのだって？　くわばらくわばら。そうそうに退散しましょう」

「まっ、そんなことをおっしゃって。江戸のお泊まりはいつなの？」

「ああ、柳橋《やなぎばし》の喜久川《きくかわ》だ。あそこはおりき同様、気扱のある宿でね。こぢんまりとしていて、料理も旨い。江戸は長逗留《ながとうりゅう》になるので、静かに過ごせる宿がよくてね」

「さようにございますか。わたくしも後学のため、一度は伺《うかが》ってみたいものですわ」

「そりゃいい。では、わたしと一緒に泊まりましょうか」

「まっ、上手《じょうず》ごかしをおっしゃって。本気に致しますわよ」

「勿論《もちろん》、本気さ。どうだい、明日、一緒に江戸に行かないかい」

「そんなことが出来るはずもございません。明日か明後日《あさって》には、熊本藩ばかりか、津山藩まで品川に入るというのですもの。鉢合わせにならないかと、案じているところです」

「こりゃ大変だ。わたしは一刻も早く退散しましょうぞ」

幸右衛門は快活な笑いを見せた。

板頭の巳之吉に夕膳《ゆうぜん》の指示をしているところに、大番頭の達吉が帰ってきた。

おりきは達吉に少し待っているように目で促《うなが》すと、それではいいね、と巳之吉に念を押した。

「解《わか》りやした。吉野屋の膳は金目鯛《きんめだい》の煮つけを止めて、筍《たけのこ》や蕗《ふき》といった山菜の盛り合わせに致しやしょう」

「ああ、そうしておくれ。刺身《さしみ》や焼物《やきもの》の量も、控《ひか》えめにするのだよ」

通常の献立《こんだて》のうえに鯛麺では、五十路を過ぎた幸右衛門の胃には、重すぎる。

だからといって、皿数を減らしてしまったのでは、食通《しょくつう》には口寂《くちさび》しいことだろう。

目も腹もほどほど満足させるためには、ひと皿に盛る量を減らすより手がなかった。

そんなおりきの気扱が、幸右衛門だけでなく、ほかの常連たちを悦《よろこ》ばすのだった。

「本陣はどうでした」

達吉は気疲れした顔をしていた。

「へい。やはり、細川さまと松平さまは鉢合わせのようでして」

「おや、それは大変だ」

「それがですね、このたびの松平さまはなんでも五万石より十万石にご加増《かぞう》になり、初めての参勤とかで、行列も並大抵《なみたいてい》のものではないというのですよ。それでなくても、五十四万石の細川さまのお供は締めて二千七百名だ。ここに、十万石の松平さま一行が加わると なると、ざっと見積もって四千名だ。当然、本陣、脇本陣《わきほんじん》、旅籠だけでは賄《まかな》えません。近隣の庄屋や大庄屋は勿論のこと、仮に、遊郭《ゆうかく》や立場茶屋まで提供したところで、間に合わねえ」

「だが、重なるのは、細川さまの本行列と松平さまの宿割隊だけなんだろう?」

「そうなんですがね、細川さまの本行列だけでも宿が足りないというのに、とても、松平さまの宿割隊の入る余地はございません」

達吉は顰《しか》み面《づら》をし、わざとらしく太息《ふといき》を吐いた。

参勤行列は五日前出立の宿割隊、三日前出立、前日出立、本行列と、四隊に分かれるのが通常であった。

先番関札渡《さきばんせきふだわたし》、宿割、人馬割《じんばわり》、小納戸《こなんど》が先に立ち、続いて、匕代《さじだい》(医者)、女中差添《じょちゅうさしぞえ》(警護《けいご》役《やく》、添医師《そえいし》、女中付医師《じょちゅうつけいし》)が発つのである。

今日までに熊本藩の三隊が通過したが、なんとか旅籠だけで事が足りていた。が、本行列となると、そうはいかない。

立場茶屋おりきでも、中堅藩士《ちゅうけんはんし》を数名泊めることになっているのである。

それでも、まだ宿は足りなかった。

結句《けっく》、徒目付《かちめつけ》、足軽《あしがる》たちは、農家へと押しやられるのだが、成程《なるほど》、達吉の言うように、どう考えても、津山藩の宿割隊が入り込む余地はなさそうである。

「それでですね、道中奉行の下された采配《さいはい》は、松平さまの五日前出立を一日遅らせることでした。品川の代わりに川崎をという案も出ましたが、宿割隊はそれで済むとしても、本隊となるとそうもいきません」

「それで、津山藩は納得したのですか」

「納得も何も、それより手がないのですから。津山藩の先触が宿割隊の待つ藤沢へととんぼ返りを致しました」

「そうかい。それは良かった」

だが、達吉はまだ何か喉元に支《つか》えているような顔をしている。

「どうしました？」

「へえ……」

「なんだい、言ってごらん」

「千鳥《ちどり》の間のことなんですけどね」

「千鳥……。ああ、小間物屋《こまものや》夫婦のことかい」

「あの夫婦、確か、本所亀沢町《ほんじょかめざわちょう》に小間物屋を出すために、尾張《おわり》からやって来たと言っていましたよね。岡崎の味噌問屋《みそどんや》尾張屋の添状《そえじょう》を持っていたので、女将さんもあっしも、すっかり信用したのですが、旦那のほうが下見《したみ》に行くとかで出ていったきり、今日でもう三日だ。妙《みょう》ではないですか」

達吉が金壺眼《かなつぼまなこ》をしわしわとさせる。

「そうなんだよね。わたしも気になったものだから、夕餉《ゆうげ》の挨拶に伺った折、それとなく旦那のことを尋ねてみるんだよ。けれども、毎度、明日は戻ってきます、の一点張りでね」

「だが、今まではそれでいいとしても、明日からは、それでは済みませんぜ。参勤行列に備えて、明日、明後日の予約は一切《いっさい》お断りしているのですからね。まっ、今夜はしょうがねえとしても、明朝には、部屋を空《あ》けてもらわねえと……」

「解りました。今宵、わたくしから言ってみましょう」

そこに巳之吉が割って入ってくる。

「千鳥の間のことでやしょ？　女将さん、番頭さんの言うとおりだ。確かに、あの女、妙ですぜ。食事にほとんど箸《はし》をつけてねえんだ。最初の晩は旦那がいたせいか、膳《ぜん》のものは綺麗《きれい》に片づいていた。ところが、旦那が江戸に出た晩、半分以上残ってやしてね。それも、あっしの一等嫌う迷い箸ってやつだ。煮魚の腹の部分だけちょこっとつつき、里芋《さといも》や飛竜《ひりゅう》頭《ず》なんて、ひと口かぶりついただけで、皿の上に転がってやがる。それがどの皿もそうなんだ。汚ねえ食《く》い方じゃねえか。子供だってそんな食い方はしねえ。俺《おり》ゃ、むかっ腹《ぱら》が立ったねえ。なんだか俺の料理に難癖《なんくせ》をつけられたような気がしてさ。ところが、翌日は、味噌汁にひと口啜った形跡があるものの、ほかの物には全く手がつけられてねえ。そして、昨日だ。そっくりそのまま、出したときと同じ恰好で、膳が返《けえ》ってきたよ。まっ、朝餉のことは俺ゃ知らねえがな」

板頭の巳之吉は三十にはまだ手の届かない年齢だが、十代の頃より、京の高級料亭で修業しただけあって、八百善《やおぜん》や川長《かわちょう》の花板《はないた》に退《ひ》けを取らないという自負心《じふしん》を持っていた。

巳之吉の評判は瞬《また》く間に広がった。

巳之吉の料理食べたさに、江戸はもう目と鼻の先というのに、わざわざ品川宿門前町で一泊する客もいるほどである。

そんな巳之吉である。

料理がつき返されるなど、思ってもみなかったのであろう。

「朝餉はおいらが作っていますが、そういや、千鳥の間の膳には、手がつけられてなかったなあ……」

板脇《いたわき》の市造《いちぞう》が怖《お》ず怖ずと口を出す。

「では、丸二日、何も食べていないというのですか。おまえたち、それをなぜ早く言わないのです。お客さまのことはどんな些細《ささい》なことでも報告するようにと、口が酸《す》っぱくなるほど言っているでしょうが！」

「へっ、俺ャ、てっきり、女中頭のおうめが女将さんか番頭さんに伝えていると思ったもんで……。相済みやせん」

巳之吉の額につと険《けん》が立った。

腕は良いが、それだけに扱いが難しい。

「番頭さん、おまえ、聞いていたのかい？」

おりきの問いに、達吉は慌てたように首を振った。

「おうめ、おうめ！」

おりきは甲張《かんば》った声を上げた。

「お呼びにございますか」

二階にいたのか、おうめが泡を食ったように下りてくる。

「今、巳之吉から聞きましたが、千鳥の間のお客さま、ここ二日ほど、食事を摂《と》っていないのだって？」

「あっ……」

おうめは息を呑み、途端に、挙措《きよそ》を失った。

潮垂《しおた》れたまま、前垂《まえだ》れを両手でもぞもぞとしごいている。

「なぜ、わたくしに報告しなかったのですか」

「…………」

「お客さまが食事を摂られないということは、宿にとって、重大問題なのですよ。こちらに何か手落ちがあるのか、身体の具合でも悪いのか、女将がそれを知らないでは、対応のしようがないではありませんか」

「それが……」

気丈《きじよう》なおうめにしては珍しく、ますます項垂《うなだ》れ、乙声《おつごえ》になっていく。

「それが？　それがどうしたのですか」

「女将さんには言わないでくれと、泣いて頼まれたものですから……」

「…………」

今度はおりきが度を失った。

女将さんには言うなとは、どういうことなのだろうか……。

「二日目の晩でしたか、膳を下げに行きますと、半分以上も残っているではありませんか。なんて卦体《けたい》の悪い客だろうと思いましたよ。ところが、翌日、膳を下げに行くと、泣いているじゃありませんか。料理はといえば、何ひとつ手をつけていない。面食らいましたね。あたし、どうしていいのか分からず、どこか具合でも悪いのかと尋ねました。すると、あの女《ひと》、料理が不味《まず》いわけでもなければ、具合が悪いわけでもない。ただ、無性《むしょう》に不安になって、胸が一杯で何も喉を通らないのだと言うのですよ。それで、あたしは何か不安を抱えているのなら、女将さんに相談してみてはどうか、と言ったのです。でも、あの女、絶対に言わないでくれ。事を荒立てたくないのだ、と泣いて縋《すが》るじゃないですか。あたしにしましても、女将さんに言いつけるのなら、この窓から海に飛び込むなんて言われたら、どうしていいんだか……。手のつけられなかった膳を持ち帰るたびに、板さんには目を剝《む》かれるし……。ああ、でも、あたしが悪うございました。やはり、もっと早く、女将さんに報告すべきでした」

おうめは前垂れを顔に当て、肩を顫《ふる》わせた。

「よく解りました。もういいから、泣くのはお止め」

おりきはそう言うと、胸の合わせから懐紙《かいし》を取り出し、おうめに渡した。

おまきという女は、畳に片手をつき、横座りに捩った身体を、激しく顫わせた。

おまきと一緒にいた男は亭主ではなく、幼馴染《おさななじ》みだという。

「悠治《ゆうじ》さんはあたしの身の上に同情してくれたのです。あたしは父親の作った借金の形《かた》に、小間物屋油屋《あぶらや》の妾《めかけ》に入りました。妾といっても、本妻《ほんさい》がいるわけではなく、あたしが旦那の世話から下働きまで、家の中のことは何から何までやっていました」

「つまり、表向きは下女だが、実は妾。要するに、おさすりってとこか」

大番頭の達吉がそう言うと、おまきは口惜《くちお》しそうに、きっと達吉を睨《ね》めつけた。

丸顔で、心持ち垂れ目のところがおっとりと見せているが、おまきはどうして、気丈な性格なのかもしれない。

「番頭さん、少し黙って、話を聞こうではありませんか」

おりきが諌《いさ》めると、達吉はへっと肩を竦《すく》めた。

おまきの話では、油屋丑蔵《うしぞう》という男は、本業の裏で金貸しもやっていたという。根っからの吝嗇家《りんしょくか》で、おまけに、五十を過ぎたというのになかなかの好き者で、おまきは十六のとき油屋に入ってからというもの、丑蔵に弄《もてあそ》ばれなかった日は、一日もなかった。

おまきはこの五年の間に、三度、身籠《みご》もった。

だが、丑蔵は子を産むことを許さず、中条流《ちゅうじょうりゅう》の子《こ》堕《おろ》しを強要した晩も、性懲《しょうこ》りもなく、おまきを抱いた。

「おまえの親父《おやじ》の借金はチャラになった。有難《ありがた》く思え。俺が手を差し伸べてやらなければ、おまえは今頃岡場所でおじゃれ（飯盛女）でもやっていただろうて」

それが丑蔵の口癖だった。

岡場所に売られてしまえば、延々と金に縛られ、夜毎《よごと》、男たちの手で弄ばれるのである。それより一人の男に尽し、自由に町中《まちなか》を歩き回れるおさすりのほうが、まだ増《ま》しだろうというのが、丑蔵の言い分だった。

いつしか、おまきもそうかもしれないと思うようになっていた。

金に吝《しわ》い丑蔵は、余分な金は持たせてくれないが、たまに外歩きをし、四季折々の自然を満喫することも出来れば、子連れの女を遠目に眺め、いつか自分にもあんな日が来るやも知れないと、頭の中にあれこれと思い描き、夢想の世界に浸ることも出来るのである。

悠治に再会したのは、そんなときだった。

おまきの父親と悠治の親は共に味噌職人で、二人は味噌屋が借りてくれた長屋で育った。

悠治はおまきより一歳年下である。

だが、悠治は病弱な母親を抱えていたせいか、子供ながら、どこか大人びた雰囲気を湛《たた》えていた。

おまきは十歳のときに母親を失っている。

いきなり、幼い弟たちの母親代わりになったのである。おまきは戸惑った。末の弟など、まだ乳飲《ちの》み子であった。おまけに、父親からも頼り切った目で見られ、おまきは心底疲れ果てていた。

逃げ出したい。ほんの一瞬でいいから、ほかの十歳の子供のように、無邪気な心に戻ってみたい……。

おまきはいつもそんなふうに思っていた。

だが、そんなことが出来るはずもなかった。

儚《はかな》い願望が頭を過《よ》ぎったその刹那、もう弟たちは目刺《めざし》を盗《と》ったの盗らないのと喧嘩《けんか》をし、赤児《あかご》は襁褓《おしめ》が濡《ぬ》れたと泣き喚《わめ》く。

そんなおまきを何くれと助けてくれたのが、悠治であった。

食べ物が余れば快《こころよ》く分けてくれ、弟たちの面倒もよく見てくれた。

あるとき、下の弟を背負い、井戸端《いどばた》で大根を洗っていると、無性に哀《かな》しくなった。

泣くまいと思えば思うほど、堪《こら》えていたものが一気に衝き上げてくる。

おまきは井戸端に屈《かが》み込んだまま、声を上げて泣いた。

「泣きてえだけ、泣きゃええが」

背中から声がかかった。

悠治だ、と思ったが、恥ずかしくて顔が上げられなかった。

「手を出せや」

「なに?」

「ええけえ、はよ、出せ」

おまきはそろりと片手を後ろに廻した。

掌《てのひら》にひんやりとした感触が伝わってきた。

はっと手を戻してみると、掌に小さな蓋物《ふたもの》が載っている。

「熊《くま》の膏《あぶら》や」

悠治はぞんざいな口調で言うと、くるりと背を返した。

熊の膏は皹《ひび》やあかぎれに効《き》くという軟膏《なんこう》である。

大人びたといっても、そこはまだ九歳の子供である。悠治は精一杯おまきを励《はげ》ましたつもりなのだろう。

それから二年後のことである。

おまきの父親が味噌樽《みそだる》から脚を滑《すべ》らせ、手足の骨折という大怪我《おおけが》を負った。幸い、怪我のほうは三月《みつき》程度で治《なお》ったのだが、あとが悪かった。

三月仕事を休んでいる間に、酒の味を覚え、手慰《てなぐさ》みに手を染めるようになったのである。

どうやら、初めて足を踏み入れた賭場《とば》で、大儲《おおもう》けしたのに味をしめたようである。

金はいくらあっても足りなかった。

父親は金策に駆けずり回り、気づくと、身動きが出来ないほどの足枷《あしかせ》を嵌《は》められていた。

当然のことながら、味噌屋には暇を出され、長屋を出ることになった。

悠治と離ればなれになったのは、おまきが十三歳のときである。

以来、悠治の消息は跡切《とぎ》れてしまった。

おまきは悠治はてっきり父親の跡を継いで、味噌職人になったのだろうと思っていた。それが、二年前、小間物問屋伊勢屋《いせや》の手代《てだい》として、すっかり面変《おもが》わりした姿で、おまきの前に現われたのである。

その日、伊勢屋の手代が品物を納《おさ》めに来たというので、おまきは掛け取りに出た丑蔵に代わり、見世に出た。

ところが、荷風呂敷《にぶろしき》を背負っていたのは、いつも廻ってくる手代の昌太《しょうた》ではなかった。

初めての顔である。

「今月よりこちらの担当になりました、悠治と申しやす」

悠治はぺこんと頭を下げた。が、それでもまだ、おまきは気づかなかった。

注文していた櫛《くし》や紅《べに》を受け取り、帳面に記載していたときである。

「おまきちゃん、やっぱり、気づいてくれなかったね」

悠治がそう言った。

驚いて顔を上げると、悠治は涼しげな目許をふっと綻《ほころ》ばせた。

「嫌だ……。悠さん?」

悠治は黙ったまま頷《うなず》いた。

六年ぶりの再会であった。

「すっかり見違えちゃった。だって、大人になっているのだもの」

「おまきちゃんだって、べっぴんさんになって……。まさか、油屋の内儀《かみ》さんになってる

「あらっ……」

おまきは頬を染め、あたし、お内儀さんじゃないの、と狼狽《うろた》えたように目を伏せた。

それで悠治には解ったようである。

と言うより、おまきの噂は既に悠治の耳に入っていたのだろう。

悠治は差出《さしで》してしまったというふうに、赤面《せきめん》した。

悠治は味噌職人を嫌い、十四歳で伊勢屋の丁稚《でっち》に入ったという。

「五年かかって、ようやく半年前に初元《はつもと》（平手代）になれたんだ。おいら、昔から、綺麗なものが好きだっただろう？　この商売はおいらに向いていると思うんだ。もう少し辛抱して、今に、自分の見世を持つのが夢なんだ」

悠治は目を輝かせて言った。

眩《まぶ》しかった。

爽《さわ》やかで、悠治には若者の持つ情熱が迸《ほとばし》っている。

おまきは悠治が廻ってくる日を、心待ちに待つようになった。

だが、尻の下の疣《いぼ》は、丑蔵である。

丑蔵が家にいれば、下働きのおまきは見世に出られない。

ある日、おまきは裏口から抜け出すと、悠治のあとを追った。

「悠さん待って！　四半刻《しはんとき》（三十分）待ってくれないこと。矢作川《やはぎがわ》の、ほら、道祖神《どうそじん》があるでしょう？　そこで待っていて。なんとか口実《こうじつ》を作って、抜け出すから」

悠治は胸《むね》をつかれたような目をしたが、すぐに納得したのか、破顔《はがん》した。

丑蔵に嘘を吐き、悠治と密会するようになったのは、それからのことである。

男と女の仲になるのに、さほど時間はかからなかった。

おまきは悠治の腕の中で、初めて、女の悦《よろこ》びを知った。

心底《しんてい》づく愛し合うということは、このようなことをいうのだ、とも思った。

丑蔵の粘質《ねんしつ》で一方的な愛撫《あいぶ》と違い、悠治とは唇《くちびる》が触れただけで、胸がきゅんと縮こまるような、悦びを覚えるのだった。

「可哀相《かわいそう》にな。おまきちゃん、安気《あんき》に暮らしていたのじゃなかったんだね」

一月《ひとつき》前のことである。

いつものように肌を合わせ、寝乱れた鬢のほつれ毛を直していると、悠治がぐいとその手を引き戻し、心ありげに呟《つぶや》いた。

おまきは咄嗟に手を引いた。

荒れた手である。十歳の頃ならいざ知らず、こんな手を悠治に見せたくはなかった。

「昔、おめえに熊の膏をやったの、憶えてるか」

「忘れるわけがないじゃないの」

悠治がおまきの肩に両手を置き、探るような目で瞠めている。

「なあ、俺と一緒に逃げないか」

「あんなところにいたって、おめえ、一生女房にゃしてもらえねえぜ。油屋の業突張《ごうつくば》りは評判だ。あいつ、女房や子にただ飯を食わすのが嫌で、家庭を持たないというじゃないか。そのくせ、助平《すけべい》でよ。色街《いろまち》に遣《つか》う金が惜《お》しくて、おめえをおさすりに雇《やと》ったんだぜ。雇うといったところで、どうせ、親父の借金の形だとか言って、給金も払ってねえだろうが。見ろよ、おめえ、あいつの奴隷《どれい》にされてるんだぜ」

「逃げるって……」

「けど、しょうがないもの……」

「しょうがなくはねえ。逃げればいいんだ。遊女に売られたわけじゃねえ。親父の借金にしても、とっくの昔に、片がついてらァ。寧ろ、給金として、おめえのほうが貰わなきゃならないほどだ。なっ、江戸に行こう。江戸でさ、おいらと所帯を持って、小間物屋をやろうよ！」

「江戸へ？」

「そうなんだ。一年前、江戸へ出た兄貴分《あにきぶん》がよ、本所亀沢町に恰好ものの店《たな》が売りに出ているとか便りをくれてさ。表店《おもてだな》じゃなくて新道《しんみち》なんだけど、店賃《たなちん》やら仕入れの金を見積もって、八十両もあればなんとかなると言うのよ」

「八十両……。そんな大金、悠さん、あんた持ってるの？」

「そんなわけねえだろうが。だから言ってるんじゃねえか。油屋から頂戴するのよ」

「……」

「そのくれえ貰ったところで、油屋には端金《はしたがね》さ。第一、遊里から女郎《じょろう》を落籍《ひか》せてみな？　八十両は下らねえだろうか。おまけに、おめえには下女としてただ働きさせてるのだ。八十両貰ったって、文句は言わせねえ」

「そんな……。あの旦那がくれるわけがないでしょうが。一両どころか、一文の金も吝嗇《けち》る人なんだから」

「だからよ。黙って貰うのよ」

「黙って？　それでは盗人《ぬすっと》じゃないか」

「おめえ、金の隠し場所を知っているんだろ？　旦那が掛け取りに出た隙《すき》を見てさ」

おまきは首を振った。

確かに、金の在処《ありか》は知っている。

だが、金箱《かねばこ》の鍵《かぎ》は丑蔵が肌身《はだみ》離さず、身につけているのである。

「いっそ、押し込みでもやってやろうか」

「悠さん、止めて！　後生《ごしょう》だから、もう二度とそんなことは言わないで！」

おまきは首を振り続けた。

ところが、運命の悪戯《いたずら》か、ゆくりなくも、その機会が巡《めぐ》ってきたのである。

それから二回り《ふたまわり》（二週間）した頃のことである。

おまきが油屋に入って五年の間、病《やまい》知らずだった丑蔵が、突然、心《しん》の臓《ぞう》に発作《ほっさ》を起こし、倒れてしまったのである。

幸い命に別状はなく、医者も軽い発作なので、一月《ひとつき》も安静にしていれば、元通り動けるようになるだろうと言って、帰っていった。

ところが、おまきは丑蔵を寝床に寝かせ、着替えさせようとして、胴巻《どうまき》に挟んだ金箱の鍵を見つけてしまったのである。

胸が早鐘《はやがね》を打つように高鳴った。

丑蔵は寝息も荒々しく、眠りこけている。

おまきの手がそっと伸びた。

二人が岡崎をあとにしたのは、二日後のことであった。


「申し訳ございません。尾張屋の添状は偽物《にせもの》です。悠さんが先《せん》に見たことがあると言って、道中手形《どうちゅうてがた》や添状などを、それらしく作ってくれる人に頼んだのです」

おまきは放心したように、行灯《あんどん》に目をやった。

心の張りを失ったせいか、どこか投げ遣《や》りで、虚《うつ》ろな表情である。

「尾張屋はうちの上得意《じょうとくい》だ。するてえと、悠治やおまえのおとっつァんは、尾張屋の職人だったのだな」

達吉がそう言うと、おまきは喪心《そうしん》したように、目を戻した。

「だが、悠治という男は、下見をすると言って、金を持って出かけたまま、帰《けえ》ってこない。おまえは次第に不安になって、飯も喉を通らなくなった。そうなんだね」

「きっと何か手違いがあったのです。明日には戻ってきます。明日には……」

「だがよ。それではうちが困るんだ。大体、おまえさんたちは端《はな》から一泊の予定だったんだ。それがもう四日目だ。まっ、今まではそれでも構わねえがな、明日には、参勤が入ってくるのだ。どうしても、部屋を空けてもらわなくちゃなんねえ。明日も男が帰《けえ》ってこないとなると、おまえさん、どうするね」

「……………」

「まあまあ、番頭さん。そう畳みつけるものじゃありませんよ。この女《ひと》だって、答えようがないじゃありませんか。ねっ、どうでしょうね。部屋を空けてもらわなければならないのは、番頭さんの説明通り、どうしようもないことでしてね。けれども、うちを出たところで、行き場なんてありませんよ。宿はどこも満室ですからね。だからといって、江戸に出たところで、おまえさま、本所亀沢町の場所を知っていなさるのですか？　そう、やっぱりね。だったら、ここで待つか、何か対策を考えるより方法がないではありませんか。それでね、取り敢《あ》えず、明日から、わたくしの部屋に移ってもらえないかしら？」

「女将さんの部屋に！」

達吉が啞然《あぜん》としたように、おりきを見た。

「だって、仕方がないじゃないか。まさか、女中たちの部屋というわけにもいかないでしように……」

「さいですがね」

「さあさ、そういうことにして、今夜はこの部屋でゆっくりお休みなさい。それより、おまえさま、ここ二日ほど、何も食べていないというではないですか。それだけはなりませんよ。これから何があるか分からないというのに、体力まで喪失してどうするのですか。そうね、今宵は何か食べやすいもの……、そう、雑炊《ぞうすい》か饂飩《うどん》でも作らせましょう。ねっ、それなら喉を通るでしょう？」

おりきの言葉に、初めて、おまきの目に涙が盛り上がった。

その涙に行灯の灯《ひ》が仄《ほの》かに映り、ゆっくりと、頬を伝っていった。

「女将さん、あんなことを言いなすって、大丈夫ですかね」

千鳥の間を出て階段を降りる間も、達吉はぶつくさと、おりきの背中に不満を言い募《つの》った。

「いいですか、あの女、男に捨てられたのですよ。男の目的はあの女なんかじゃない。八十両だ。金が手に入れば、足手纏《あしでまと》いになる女は、お払い箱に決まってます。それを、女将さん、人の好《よ》いにもほどがありますよ。女将さんの部屋で男が帰ってくるまで待てだなんて……。帰ってくるはずがない。断言したっていい。ええ、帰ってきやしませんよ！」

帳場に入ると、達吉は苛《いら》ついたように、長火鉢の埋《うず》み火を掘り起こした。

おりきは落ち着いた仕種で、鉄瓶の湯を急須に移した。

「だから追い出せというのですか」

「どうせ、金は男が根こそぎ持ち出したのだ。女に宿賃を払えと言ったって、払えっこないでしょう。本来なら、番屋《ばんや》につき出すところだが、事情が事情だ。宿賃の踏み倒しなんて軽罪《けいざい》じゃ済みませんぜ。下手《へた》すりゃ、姦通罪《かんつうざい》に窃盗《せっとう》だ。十両盗めば打ち首って世の中に、八十両では間違いなく死罪だ。しかも、姦通まで加わった日にゃ、晒《さら》し刑までついてくらァ。くわばらくわばら……。女将さん、負《お》いねえ客に行き当たりましたぜ」

「姦通といっても、おまきさんは油屋の女房じゃないんだよ。そりゃね、確かに、旦那の金を窃取《せっしゅ》しました。だが果たして、油屋が訴え出るでしょうか。おまきさんの話が本当だとしたら、油屋も相当に臑《すね》に傷持つ身だろうからさ、それを確かめてみなければ、なんとも言えませんよ。第一、おまきさんは被害者でしょうが。悠治という男を野放しにして、おまきさんだけに罪を被《かぶ》せるのは、納得できませんよ」

「では、あの女の言葉を信じるのですね」

「信じたい。ええ、信じますとも。あの女《ひと》の目を見ましたか？　瞑《くら》い海の底のような目をしていましたよ。哀しみを通り越して、深い絶望の淵《ふち》を漂っているような、なんだか、そんな気がしましたよ」

　おりきは胸に石臼《いしうす》でも抱《いだ》いたような、息苦しさを覚えた。

　嘗《かっ》て、おりきもおまきと同じような目をして、この品川の海辺を彷徨《さまよ》ったのである。

　あっ……。

おりきの胸で、何かがぞろりと蠢《うごめ》いた。

不安が、じわじわとおりきの胸を一杯にしていく。

「番頭さん、千鳥の間を見て下さいな！」

おりきは色を失った。

達吉も何かを察したようである。

達吉は前後を忘れたように、飛び出していった。

だが、既に、おまさは部屋にいなかったのである。

「すぐに番屋に知らせやしょう！」

「お待ち！」

達吉は倉皇《そうこう》をきたし、まごついている。

おりきはそんな達吉に大喝《だいかつ》を入れた。

夕餉の刻《とき》が迫り、立場茶屋おりきでは茶屋も旅籠も、席の温まる暇がないほど、怱忙《そうぼう》をきわめていた。

おまきを捜すために、とても人は駆り出せない。

「いいかい。余計なことを言うんじゃないよ。ただ、泊まり客の姿が見えなくなった。何か理由《わけ》ありの様子で、気懸《きが》かりなのだ……。それ以外のことは言ってはなりませんよ」

「解りやした」

達吉は自身番へと駆け出していった。

おりきは女中頭のおうめに後を託《たく》すと、宿を出た。

六ッ（午後六時）近くになり、茶屋は書き入れどきであった。

おりきは茶屋番頭の甚助に暫《しばら》く見世を空けるからと耳打ちすると、提灯《ちょうちん》を手に、通りに出た。

通りのあちこちから、留女《とめおんな》の金切《かなき》り声《ごえ》が聞こえてくる。

夕闇《ゆうやみ》が地を這《は》うように、門前町の通りを呑み込もうとしていた。

おりきは釜屋の前まで出ると、ちらと六地蔵のほうを見やった。

品川寺の背後は黒々とした山並みである。

おりきはちらと過ぎった迷いを払うと、海岸へと脚を向けた。

人が絶望の淵を彷徨うとき、どこに……。

おりきはそう考えたのである。

海だ……。

瞑い海は、傷つき息も絶え絶えになった、人の袖を引こうとする。

おいで、楽になるよ……。

八年前、その甘い誘いに身を任せようとしたとき、おりきは先代に引き戻されたのだった。

暮色《ぼしょく》に包まれた海辺は、既に海と浜の区別がつきにくくなっていた。

御納戸《おなんど》色《いろ》の空に、とぼけたように朧月《おぼろづき》が昇っている。

「おまきさ〜〜ん！」

時折、浜に向かって声をかけてみる。が、その声はすぐに潮騒《しおさい》に呑まれ、消えていった。

そうして、四半刻ほど浜を彷徨ったであろうか。

ぼんやりとした月明かりの中、海に突き出た岩場の蔭《かげ》で、黒い影が動いた。

「おまきさん！」

おりきは走った。

黒い影はおりきの声を聞くと、何かに憑かれたように、海に向かって歩き始めた。

一歩、二歩……、踝《くるぶし》が浸かり、膝が浸かり、そこで、おまきの腕がぐいと摑まれた。

「莫迦《ばか》なことはお止し！」

「放して下さい！　死なせて下さい！」

おまきが掠《かす》れた声を振り絞《しぼ》る。

「莫迦！」

おりきに頬を打たれ、おまきはワッとおりきの胸に顔を埋めた。

翌日、熊本藩の本行列が品川宿に入り、その翌日は津山藩の宿割隊と、参勤行列は粛々《しゆくしゆく》と続いていった。

津山藩本行列が入るのは三日後のことである。

立場茶屋おりきに、ほっと息のつけるひとときが訪れた。

だが、そんな折でも、常連客は止《とど》まるところを知らない。

熊本藩の本行列に備えて部屋を空けさせたおまきも、あれ以来、中庭の隅に建てられた、今ではおりきの自室となっている茶室に、籠《こ》もったままである。

茶室は先代の女将が老後の慰みにと造ったものであるが、結局、一度も茶室として使われることなく、病を得た女将の病室となったのだった。

先代のおりきは、この茶室で半年ほど寝込み、息を引き取った。

以来、二代目女将となったおりきも、茶室に戻すことなく、現在《いま》も寝所として使っている。

「わたくしと一緒では、窮屈《きゅうくつ》でしょうが、我慢して下さいな」

おりきがそう言うと、おまきは仰臥《ぎょうが》したまま、済みません、と縋るような目で謝った。

おまきは何かに解き放たれたかのように、こんこんと眠り続けた。

息をしていないのかしらん……、と時折不安になるほどであった。

が、三日後、ようやく床に身体を起こし、粥《かゆ》や吸物《すいもの》などを口にするようになった。

おりきは飛脚に文を託し、尾張屋に油屋の近況を調べて貰うことにした。

今のところ、返書《へんしょ》は届いていないが、いずれ、何もかもが判明することだろう。

なぜだか分からないが、おりきは細く暝い迷路の先に、仄かな光を感じていた。

一寸《いっすん》延《の》びれば尋《ひろ》延びる……。

そんなふうに思うのだった。

悠治の行方《ゆくえ》も高輪《たかなわ》の親分亀蔵《かめぞう》に頼み、探ってもらっている。

それによると、本所亀沢町の新道には売り見世はなく、近々《ちかぢか》空きそうなお店もないということだった。

どうやら、こちらのほうは長引きそうである。

「なんでェ、水臭《みずくせ》えじゃねえか。男の行方を探るだけ探らせておいて、理由《わけ》は言えねえとくる。高輪の亀蔵も無礼《なめ》られたもんだぜ」

亀蔵は獅子《しし》っ鼻《ぱな》を膨《ふく》らませて言ったが、まんざら厭《いや》そうには見えなかった。

「親分は女将さんの言いなり三方《さんぽう》だもんな！」

「そうそう、かっ惚《ぽ》れた弱味よ！」

下っ引きの金太《きんた》や利助《りすけ》にそんなふうに曲《きょく》られ、置きゃあがれ。こびたことを言ャがって、と照れ笑いをするのだった。

親分にはまだ仔細《しさい》を話すわけにはいかない。

岡崎からの回答が、丁《ちょう》と出るか半と出るか……。

おりきは全てそれからだと考えていた。

「それで、女将さんはあの女をどうなさるおつもりで……」

大番頭の達吉は事あるごとにそう言うが、おりきはふふっと笑って流した。

今も、床の間の花を取り替えようと、千鳥の間で鋏《はさみ》を使っていると、達吉がやって来て、耳許で聞き飽きた言葉を呟き始めた。

「命あっての物だねさ。番頭さん、この言葉を憶えていますか」

達吉はあっと息を呑み、遠い昔を偲《しの》ぶように、目を細めた。

「先代の女将さんの口癖でしたね。そう言えば、あんときも……」

「先代はわたくしの命の恩人です。一分《いちぶ》の恩に舌を抜かれろ……。わたくしはこの言葉を頼りに今日まで生きてきました。現在《いま》は、わたくしがおまきさんにそれを教えるときだと思っていますのよ」

「そうでした。そうでした。なんと、あれから八年になるのですねえ……」

達吉が感慨《かんがい》深げに言う。

「あんとき、女将さんにどんな事情があったのか、あっしにゃ分かりませんが、この品川の海に身を投げようとなさった女将さんを、先代が抱き締め、命をなんだと思っている、と泣きながら叱責《しっせき》なすったのを、はっきりと憶えてやす」

「だから、わたくしにはおまきさんの気持がよく解るのですよ」

「おりきさん……」

達吉が改まったように、おりきを見る。

「いい女将になられましたね」

また風が強くなったようである。

海が呻《うな》っている。

「おまきさんのことだけどね、暫くうちで預かろうと思ってるんだよ。岡崎の件がはっきりしないうちは、なんとも言えないのだけど、場合によっては、うちで引き取っても構わないと思っています」

「さいですか……。そう、それがようござんすね」

達吉がそう言ったときである。

階段を上る軽快な足音がして、おうめが顔を出した。

おうめは手にした桜の枝を、誇らしげに翳《かざ》して見せた。

「おや、桜ではありませんか」

「ふふっ、誰がくれたと思います?」

おうめは鼻に皺《しわ》を寄せ、ひょいと肩を竦めた。

「先達《せんだっ》ての春嵐で桜は散ったと思いましたが、まだ、咲いていたとはね。これをどこで……」

「板頭の巳之《みの》さんがね、品川寺の裏手に咲いていたと言って、ひと枝折ってきてくれたのですよ」

「おめえ、勝手に枝を折るなんざァ……」

達吉が渋面を作る。

「それがね、品川寺の住持《じゅうじ》が折ってくれたのですって!」

「なら、文句はねえわな。品川寺の裏手じゃ、陽《ひ》が射《さ》さねえわな。それで、まだ咲いていたのか」

「おやおや……」

「ほんと、名残の桜だすね」

「どれ、おうめ、おいらにそいつを寄越《よこ》してみな」

「嫌だ！　あたしが貰ったんだから。あっ、何すんのさ！」

洒落《しゃれ》ころばしのつもりか、達吉がおうめの手から枝を奪おうとする。

おうめは達吉の腕にしがみついた。

その弾《はず》みに、花弁がひと片はらりと散り、つられたように、次々と散っていく。

あっ……。

折からの窓を射抜《いぬ》く風に煽られ、桜の花弁が身を捩り、じたつくように舞っていく。

それは、まるで遊女の素踊《すおど》りのようであった。

「お弁天《べんてん》や……」

達吉がぽつんと呟いた。

また、風が強くなってきたようである。

涙橋

「冗談も大抵《たいてい》にしておくんなさいよ！　あたしゃ、伊達《だて》や酔狂《すいきょう》で大尽金《だいじんがね》を貸しているわけじゃないんだ」

立場《たてば》茶屋おりきの広間に、甲張《かんば》った声が走った。

昼の書き入れどきを過ぎたばかりである。

広間には小揚《こあ》げ人夫《にんぷ》ふうの男が二人と、江の島詣《もうで》の客が数人、まるで片側に掃いて寄せたかのように固まって箸《はし》を動かしていたが、誰もが度肝《どぎも》を抜かれたように、入り側《がわ》に向けて伸び上がった。

「まあまあ、幾千代如《いくちよわて》さん、そう目角《めかど》を立てるもんじゃありませんよ。若旦那も返さないと言っているわけじゃなし、三日待ってくれと頼んでいるだけだ」

どうやら幾千代を宥《なだ》めているのは、品川宿門前町《しながわしゆくもんぜんちょう》の店頭《たながしら》近江屋《おうみや》忠助《ただすけ》のようである。

「三日だって？　寝言を言うんじゃないよ。確か、三日前にも同じことを言ったじゃないか。ほら、証文《しょうもん》だ。ここにちゃんと書いてあるだろ？　五月二十五日、十両きっちり返済致しますと。あたしゃねえ、山城屋《やましろや》の若旦那だというから、すっかり信用して、大尽金を貸したんだ。大伝馬町《おおでんまちょう》の山城屋といえば、品川くんだりまで名が轟《とどろ》く太物問屋《ふとものどんや》だ。付《つ》け馬をやったのでは体面が悪かろうと、快《こころよ》く貸したのはいいが、この様《ざま》だ。なんなら、今からでも、大伝馬町に掛け合ってもいいんだよ！」

幾千代の細面《ほそおもて》で中高《なかだか》な顔に、つと権《けん》が過《よ》ぎった。

勇み肌ぶって、伝法《でんぽう》な口さえ利《き》かなければ、幾千代はいっぱしの品者《しなもの》（美人）である。

今も、黒八《くろはち》をかけた利休色《りきゅういろ》の童子《どうじ》格子《こうし》に、枯れ草色の昼夜帯《ちゅうやおび》をだらりと締め、どこから見ても、粋《いき》で婀娜《あだ》っぽい。

八ツ（午後二時）過ぎという時刻柄、お座敷に上がる前に髪結床《かみゆいどこ》にでも行くつもりだったのか、洗い髪を櫛巻《くしま》きにした姿もどこか無防備で、それが一層、幾千代を艶《なま》めいて見せるのだった。

その前で、太物問屋山城屋の若旦那益五郎《ますごろう》が、狐《きつね》を馬に乗せたような風情《ふぜい》で、そわそわと両手を擦《こす》りながら、上目遣《うわめづか》いに、幾千代の鼻息を窺《うかが》っている。

「それがさ、次々と物前《ものめえ》でね。両国の川開きやら深川の霧里太夫《きりさとたゆう》の新造下《しんぞうおろし》と、こう祝儀《しゅうぎ》が重なっちまうと、大痛事《おおいたごと》よ」

「おかっしゃい！　人を茶《ちゃ》にするのも大抵にしておくんな。両国の川開きなんぞ、昨日今日始まったわけでもあるまいし、十年このかた変わりゃしませんよ。それに何が新造下だ。ふん、粋方《すいほう》ぶるんじゃないよ。そんなものはね、代取《だいとり》（身代を継いだ者）した者がすることだ。おまえみたいな二才野郎《にさいやろう》には提灯《ちょうちん》に釣鐘《つりがね》。じゃらけたことをするんじゃないってんだ！」

益五郎の空《そら》っ吹《ぶ》いた口舌《くぜつ》に、幾千代の顔が強張《こわば》った。

「そら、若旦那が悪いわな。他借《たしゃく》した者の言葉じゃない。幾千代姐さんが怒るのも当然だ。なっ、どうだろう。今日のところは利息だけ払って、十両はもう暫《しばら》く待ってやってもらえないだろうか。あたしもねえ、こいつの親父《おやじ》とは水魚《すいぎょ》の交《まじ》わりをした仲だ。一度のしくじりでことを荒立てたのじゃ、寝覚めが悪くてね。こいつが河岸《かし》替《が》えして南本宿《みなみほんじゅく》で遊んだのも、門前町にはあたしがいるという気の弛《ゆる》みがあったのだろう。が、十両となると、こりゃ大金だ。肩代わりしてやるにしても、あたしとて、そうそう右から左へと動かせる金じゃない。第一、そんなことをしたのでは、こいつを増長《ぞうちょう》させるだけだ。灸《きゅう》を据《す》える意味で、手前《てめえ》の尻《けつ》は手前で拭《ぬぐ》わせなければ……。が、まあ、そう膠《にべ》もなく突っぱねても、こいつもまだ半人前《はんにんめえ》だ。御座切《おざぎり》（一回だけ）だ。もう暫く待ってやってくれと、幾千代姐さん、あんたの前で一緒に頭を下げてやろうと思ってね」

甲羅《こうら》を経た結構人《けっこうじん》の忠助である。

だが、腹の中では業《ごう》が煮《に》えくり返っているのだろう、苦渋《くじゅう》に満ちた顔で幾千代を見た。

「そりゃね、あたしだって道理の解《わか》らない女じゃありませんよ。解りました。近江屋さん、おまえさんの顔に免じて、今回だけは、もう一月《ひとつき》待ちましょう。但《ただ》し、おまえさんには保証人になってもらいますからね。いいね！」

幾千代は縋《すが》るような忠助の視線をそん気に払うと、緞子《どんす》の巾着《きんちゃく》から矢立《やたて》と朱肉《しゅにく》を取り出し、座卓の上に並べていく。

「けっ、用意周到《よういしゅうとう》とくらァ。姐さんみてェな女を、爪長《つめなが》、いいんや、鉄面皮《てつめんぴ》というんだぜ！」

「益五郎、この大うつけが！　いいな、今日のところはこの俺が保証した。だがな、言っとくが、おめえの尻《しり》を喰《く》うつもりはない。期限は一月《ひとつき》だ。一月の間に金を工面《くめん》するか、親父の前で頭を下げるか、どっちにしても、手前《てめえ》の撒《ま》いた種だ。廻《まわ》らねえ頭でよく考えてみるんだな」

忠助は声作《こわづく》りして、じろりと益五郎を睨《ね》めつけた。

益五郎の歌舞伎役者《かぶきやくしゃ》のような雛男顔《ひなおとこがお》に、つと陳《ひ》ねこびた影が過ぎる。

「俺が親父に頭が上がらねえのを知っていて、おいちゃん、痛《いて》ェところを突いてくるよな」

「だったら、分《ぶん》を弁《わきま》えるのだな。吉原でもあるまいし、南でひと晩に十両たァ、どか銭《ぜに》を遣《つか》ったもんだ。大尽遊びもいい加減にしな。おまえにゃ十年、いいんや、生涯《しょうげえ》、縁《えん》がないと思え」

「しょうがねえだろ？　手合《てあい》の前で、つい、南へ繰《く》り出すなんて言っちまったもんだから、おらちもおらちもと次々に寄ってきて、詰役者《つめやくしゃ》（下っ端役者）までひっくるめて、総勢十二人。いっそのやけ、大籬《おおまがき》を借り切って、惣花《そうばな》つけてなんてことをやっちまったもんだから……」

「ふん、太鼓持《たいこも》ちのおべっかに乗せられやがって！」

「ちょいと、いい加減、ぐだ咄《ばなしゃ》は止めとくれ。かざっぴいて聞いちゃいられないよ。あたしゃね、証文と天利《てんり》さえ頂ければいいのさ。ほれ、元金《がんきん》十両。返済期日六月二十五日。保証人として近江屋さん、おまえさんの名に爪印《つめいん》だ。では、天利の一分《いちぶ》を貰《もら》いましょうかね」

幾千代に顎《あご》で促《うなが》され、益五郎が金唐革《きんからかわ》の革財布《かわざいふ》から渋々《しぶしぶ》と一分金を摘《つま》み出す。

「毎度、おかたじけ。これで商談成立だ。おせもじさま。じゃ、あたしはこれで」

幾千代はそう言うと、仕為振《しなせぶ》りに忠助に汐《しお》の目を送った。

「近江屋の旦那、旦那もたまにはお座敷に呼んで下さいましな」

「………」

「では、皆々《みなみな》さま、おさらばえ」

幾千代がしなりと肩を落とし、出口へと去っていく。

麝香《じゃこう》の香りが糸を引くように、忠助の鼻を擽《くすぐ》った。

「なんでェ、あのじなつきぶりは！」

益五郎が吐き出すように言う。

「大体、高利もいいところだ。十両に月一分の利息だぜ。しかも、一月《ひとつき》たって、正味《しょうみ》二十五日だ。これで一月分の利息たァ、聞いて呆《あき》れらァ」

「このすっとこどっこいが！　大尽金たァ、そんなもんよ。それを知っていて借りたんだろうが。今さら、泣き言を言っても始まらねえ。それより、おめえ、金の算段はついてるのかよ。幾千代姐さんはあの気性《きしょう》だ。金輪際《こんりんざい》、猶予《ゆうよ》はねえ。あたしにしても同《おんな》じよ。そり親父さんの前に出るより仕方がなかろう」
代わりする気はさらさらないからね。おまえの裁量で金が工面できないのなら、あたしが
ゃね、保証人にはなった。だがよ、そうですかと頬っ被《かぶ》りされたまま、おまえの他借を肩

「………」
益五郎は潮垂《しおた》れ、鼻をぐずりと鳴らした。
「益五郎よォ、いい加減、親父に抗《あらが》うのは止したらどうだ。そりゃね、おまえが後添《のちぞ》いの
お園《その》さんを好ましく思っていないのは知っている。だがよ、親父とて、四十二歳と男盛り
だ。おまえのおっかさんを亡くした後、独《ひと》り寝を強《し》いたところで、そりゃ酷というもんだ。
お園さんの前身《ぜんしん》が吉原の太夫であったとしてもだな、それがどうした？　互いに惚《ほ》れ合っ
て、所帯《しょたい》を持ったのだ。それでいいじゃねえか。おまえだって、二十一、いや、二か？
どっちにしても、いずれ所帯を持つだろう。全《まっと》うに商《あきな》いに励《はげ》んでよ、そのうち山城屋を託《たく》
されてみな。親父とお園さんは向島あたりで隠居の身だ。老いていく親父の世話を誰がす
る？　お園さんだぜ」
忠助は諄々《じゅんじゅん》と諭《さと》した。
が、なぜか、面伏《おもふ》していた益五郎の頬に、じわじわと血が昇《のぼ》っていく。
「何言ってやがる！　俺が許せないのはそんなことじゃねえ。お袋が死んだ後、あの女が
後添いに入ったのなら、まだ許せる。けどよ、親父のやつ、お袋が生きてるってェのに、
五年も前から、あの女を家に入れたんだぜ。離れに病《やまい》のお袋を追いやってよ、あの女と母《おも》

屋《や》で乳繰《ちちく》り合ってたんだ。俺ャ許せねえ。お袋が死んで、今になって、後添いですなんて顔をしやがって、許せるわけがねえだろうが！」

益五郎は憤怒《ふんぬ》に満ちた目で、忠助を睨《にら》みつけた。

「益よォ、よく聞け。息子のおまえが業《ごう》を煮るのはよく解る。だがよ、当時、美園太夫《みそのたゆう》といったお園さんを身請《みう》けさせ、山城屋に住まわせるよう懇願《こんがん》したのは、おまえのおっかさんだぜ。おっかさん、おまえを産んで四、五年もした頃から、胸を患《わずら》っちまっただろ？　夫婦《めおと》のことも久しく途絶《とだ》えたままだった。おっかさん、済まない、申し訳ない、とあたしに逢《あ》うたびに言っていたよ。おまえのおっかさんはあたしの従妹《いとこ》だからね。あたしにゃ、腹を割って、なんでも話してくれた。自分が不治《ふじ》の病に罹《かか》ったばかりに、おとっつァんやおまえに不自由をかけている。いっそ、死んでしまえば、おとっつァんも後添いを貰うことが出来るし、おまえにも新しいおっかさんが出来る。どうか死なせてくれ……。そうまで言ったんだぜ。だからよ、おとっつァんを吉原に誘ったのは、このあたしだ。無論、おっかさんにはありのままを話したさ。悦《よろこ》んでくれたねえ……。肩の荷が下りたようだと泣いていた。ほどなく、おとっつァんと美園太夫が懇《ねんご》ろになってね。おっかさんは身請けをして、母屋に住まわせるようにと懇願したんだ。それには、あたしも些《いささ》か抵抗があったがね。だが、おっかさんは引き下がらなかった。ところがよ、渋々ながらもお園さんを大伝馬町に入れたところ、これが存外《ぞんがい》に円満に事が運んだのよ。お園さんはそれこそ親身《しんみ》になって、おっかさんの世話をしてくれたしな、おとっつァんだって、決して、おっかさんを蔑《ないがし》ろにしなかった。おっかさんは二人から献身的な介護を受け、安堵《あんど》して、息を引き取った。どうだ、これが大人の世というものだ。まっ、おまえに解れといっても、無理だったろうよ。多感な年頃だもんな。が、おまえも二十二歳になった。どうでェ、おとっつァんたちのことを理解してやってくれないものだろうか」

「…………」

「まっ、今日のところはここまでだ。だが、十両の件もある。よく考えてみるんだな。そうだ、小腹《こばら》が空《す》かねえか？　ここの穴子飯《あなごめし》は旨《うめ》えぞ。それとも、鴨蕎麦《かもそば》でも貰うか」

忠助は項垂《うなだ》れた益五郎の肩をぽんと叩《たた》き、茶瓶《ちゃびん》を持って通りかかったおよねに、穴子飯と鴨蕎麦をくんな、と言った。

益五郎をひと足先に帰らせ、勘定《かんじょう》を済まそうと帳場に行くと、茶屋番頭の甚助《じんすけ》が呼び止めた。

「時間がおありでしたら、ちょいと奥にいらっしてもらえないかと、女将《おかみ》が申しておりますが」

忠助はちらと土間の奥を窺った。

半刻《はんとき》（一時間）前に茶屋に顔を出した時には、おりきの姿は見当たらなかった。

昼の書き入れどきを終え、茶立女《ちゃたておんな》たちも中食《ちゅうじき》を摂《と》っているのか、およねともう一人目新《めあたら》しい女がいるきり、店内はやけに茫漠《ぼうばく》とした感じであった。

幾千代は茶屋の上がり框《かまち》近くに坐《すわ》っていた。

ここでは……と、忠助は一瞬ためらった。が、先に来ていた益五郎が坐れと目で促してくる。仕方なく坐ったのであるが、まさか、奥の旅籠《はたご》にいるおりきの耳にまで、忠助が来ていることは分からないだろうと思っていたのである。

ところが、幾千代のあの剣幕《けんまく》である。

見世《みせ》の片隅《かたすみ》でひっそりと饂飩《うどん》を啜《すす》っていた連中まで飛び上がったほどだから、恐らく、甚助が知らせに走ったのであろう。

「ああ、解った」

忠助は釣銭《つりせん》を渡そうとするおよねに、釣りはいいからと言い、

「花にはちょいと少ないが、みんなで甘いものでも食っておくれ」

と小粒《こつぶ》（一朱銀）を余分に摑《つか》ませた。

およねが恐縮したように、ひょこりと首を竦《すく》め、甚助が、毎度お気遣い下さいまして、と深々と辞儀をする。

甚助が先に立ち、土間を伝って中庭へと出ていくと、おりきが藤棚《ふじだな》の下に佇《たたず》んでいた。

雨を孕《はら》んだ生温《なまぬる》い風が、藤の葉をひたひたと揺らしていく。

花は粗方《あらかた》散ってしまったが、代わりに、根本のあたりで紫陽花《あじさい》が、今を盛りと咲き乱れ

ていた。

「なんだか雲ゆきがあやしくなって参りましたね」

おりきが涼やかな目許をふっと綻《ほころ》ばせた。

忠助の目で、白い額紫陽花《がくあじさい》とおりきの顔が重なった。

「ひと雨くるかもしれませんな」

忠助は一瞬眩《くら》みそうになった目の先を、空へと移す。

空は薄墨色《うすずみいろ》の厚い雲に覆《おお》われ、風に気圧《けお》されたように、少しずつ、形を変えていた。

「茶室で、お茶を一服進ぜましょう」

おりきはそう言うと、敷石をとんとんと渡っていった。

「ほう……。これはまた……」

茶室に通された忠助は、目を瞬《しばた》いた。

四畳半の茶室に三畳ほどの水屋のついた、侘《わ》びのある風流な数寄屋《すきや》である。

茶室には小さな明かり取りと躙《にじ》り口があるきりで、水屋の襖《ふすま》を閉めてしまえば、そこはもう、密室といってもよい。

「息苦しゅうございましょう？　ですから、わたくしは大概《たいがい》水屋の襖を開けておりますの」

おりきは微笑《ほほえ》んだ。

「これが先代がお造りになった茶室なのですね」

「なんでも、初めは、利休さまに倣《なら》って、三畳の茶室を考えられたようですけど、四畳半にしてようございました。結局、一度も茶室として使われることがなかったのですもの」

「すると、先代はこの部屋で病臥《びょうが》なさった？」

「はい。現在《いま》では、わたくしが寝所として使っていますが、水屋には茶道具が一式揃《そろ》っております。そのまま放置しておくのもなんだか勿体《もったい》なく思えて、時折、気仲《きのばし》に茶道《さどう》の真似《まね》事《ごと》をしていますの」

風炉《ふろ》では茶釜《ちゃがま》がしゃんしゃんと音をたてていた。

おりきは手慣れた所作《しょさ》で、茶筅《ちゃせん》をかいた。

風が強くなってきたのか、茶室にまで、潮騒《しおさい》が耳底を揺さぶるように響いてくる。

「どうぞ」

おりきが粉引《こびき》の平茶碗《ひらちゃわん》をそっと忠助の前に差し出した。

「あたしはどうも不調法《ぶちょうほう》でしてね。勝手流《かってりゅう》に飲ませていただきますよ」

「どうぞ。わたくしも茶道の心得《こころえ》があるわけではありません。気儘《きまま》に、愉《たの》しみながら点《た》てているだけですの」

だが、なかなかどうして、忠助は最後のひと滴《しずく》までつつっと音をたてて啜ると、作法《さほう》通りのお点前《てまえ》をした。

「もう一服いかがでしょう」

「いや、もう結構。美味《おい》しくいただきました。それより、おりきさん、あたしに何か話がおありなのでは？」

　忠助は胸の合わせから懐紙《かいし》を取り出すと、口を拭った。

「……………」

「幾千代のことですかな」

「申し訳ございません。番頭が呼びに参りましたもので、つい、話を聞いてしまいました。近江屋さん、単刀直入に申し上げます。保証人などおなりになって、大丈夫なのでしょうか」

　やはりそのことか、と忠助は思った。

「大丈夫も何も、あの場はああでもしなければ、収まらなかったでしょう」

「では、仮に、山城屋の若旦那が期日までに十両の金を用立てられなかった場合、近江屋さんが責任を取るとお言いなのですか」

「勘弁《かんべん》して下さいよ。従妹の忘れ形見《がたみ》とはいえ、実の親を素通りして、あたしに尻を寄こされたのでは敵《かな》いません。いえね、今回のことは、あいつに灸を据えるよい機会なのです。実を言いますとね、半月ほどしたら、あたしのほうから大伝馬町を訪ねてみるつもりでした。恐らく、あいつのことだ。金の工面など出来はしないでしょう。が、かすかな期待とでも言いましょうかね。あいつの口から父親に詫《わ》びを入れてくれたならば、と思うのですよ。まっ、灰吹《はいふき》から竜《りゅう》が出るような淡《あわ》い期待ですがね。あいつが父親と反《そ》りが合わないのは、おりきさん、あんたの耳にも入っていなさるでしょう」

「ええ……」

おりきの鳩尾《みぞおち》で何かが音をたてた。

甚助に呼ばれて茶屋に入りかけ、板場のあたりで、幾千代の凄味《すごみ》のある声が飛んできた。

そっと見世の中を覗《のぞ》き込むと、忠助の半白《はんぱく》になった髷《まげ》が見えるではないか……。

おりきはと胸《むね》をつかれたように身体《からだ》を引っ込めた。

忠助がいるのなら、この場は任せておけばよい。差出《さしで》して、忠助に恥をかかせるようなことになっては、と案じたのである。

だが、幾千代の権のある顔がなんとも気懸《きが》かりであった。気に留めまいと思っても、いっときの怱忙《そうぼう》が去った大広間である。

否《いや》が応《おう》でも耳に入ってくる、彼らの会話……。

しかも、内容が内容だった。

「お園さんを身請けさせ、山城屋に仕まわせるよう懇願したのは、おまえのおっかさんだぜ……」

あっと、おりきは胸許《むなもと》を押さえた。

山城屋太郎右衛門《たろうえもん》の凜《りん》とした美丈夫《びじょうふ》な姿が、眼窩《がんか》を過ぎった。

おりきが女将になって三度ばかり、太郎右衛門は立場茶屋おりきに宿泊している。

三度とも、富士詣《ふじもうで》の帰りであったが、問屋仲間《とんやなかま》と連れ合い、門前町に来て近江屋に泊まらないと聞けば、さぞや、忠助伯父《おじ》は臍《へそ》を曲げようて、と毎度のように戯《ざ》れ言《ごと》を言った。

「あら、それはいけませんわ。うちは構いませんので、どうぞ、近江屋にお泊まり下さいませ」

おりきがそう言うと、

「そら、引っかかった！　不洒落《ぶしゃれ》だよ、不洒落」

と愉快そうに笑ったものである。

「なに、この宿を勧めたのは、伯父貴《おじき》でね。品川宿門前町に泊まるのなら、立場茶屋おりきがよい。気扱《きあつかい》のある、粋な宿だ。何より、美人の女将と板さんの腕がよい、とね。あたしは一度でこの宿の贔屓《ひいき》になりましたよ。品川まで戻れば、神田なんて目と鼻の先だ。素通りしたっていいようなもの、つい、おりきに脚が向いちゃってね」

太郎右衛門はそう言って、六月朔日《さくじつ》の山開きには富士詣をし、帰路、立場茶屋おりきに立ち寄るようになったのである。

そういえば、昨年の山開きには、太郎右衛門の顔が見えなかった。

何かあったのだろうかと案じていたが、まさか、そんなことになっていたとは……。

「おとっつァんだって、決して、おっかさんを蔑ろにしなかった。おっかさんは二人から献身的な介護を受け、安堵して、息を引き取った……」

忠助の淡々《たんたん》とした言葉が聞こえてくる。

おりきの目に熱いものが込み上げてきた。

「これが大人の世というものだ……」

おりきは目頭《めがしら》を拭うと、あとで近江屋さんを中庭まで案内しておくれ、と甚助に耳打ちして、そっと茶屋をあとにしたのである。

「なら、話が早い。あたしはねえ、今回のことはあの父子《おやこ》の蟠《わだかま》りを解《ほど》いてやる絶好の機宜《きぎ》と考えています。人の一寸我身の一尺というではないですか。他人の非は気づいても、なかなか己《おのれ》の非には気づかないものです。益五郎が父親の前で頭を下げ、太郎右衛門も息子に腹の内をさらけ出したほうが良い。そのためには、十両なんて安いものです。だが、益五郎は一人っ子国に憚《けげか》るの譬《たと》えがあるように、どこか不甲斐《ふがい》ない。そこで、あたしが尻に火を点けてやろうと思いましてね」

忠助の人の好さそうな顔に、初めて、笑みが浮かんだ。


忠助が帰るのを待ち構えたかのように、雨が降り始めた。

風を纏《まと》った横殴りの雨が、見る見るうちに、庭木や蹲《つくばい》をしとどに濡《ぬ》らしていく。

時折風の向きが変わるのか、雨足《あまあし》も右から左へと渦《うず》を巻くように変わった。

おりきは明かり取りや躙り口を閉めると、茶室の戸締まりをして、旅籠へと向かった。

刻《とき》は八ツ半（午後三時）である。

あと半刻もすれば、夕膳《ゆうぜん》の仕度《したく》で板場に喧噪《けんそう》が戻るであろうが、今は、使用人たちも一《いっ》時《とき》の休息を取っているのか、静まり返った立場茶屋おりきを、篠《しの》つく雨音がすっぽりと呑《の》み込んでいた。

「えれェ目に遭《あ》っちまいました」

出入帳《でいりちょう》に目を通そうと、帳箱《ちょうばこ》を開けたところに、大番頭の達吉《たつきち》が戻ってきた。

濡れ雫《しずく》になった達吉の月代《さかやき》から雫が滴《したた》り、立場茶屋おりきの名を染め抜いた貸看板《かしかんばん》（法《はっ》被《ぴ》）が、身体にべとりと貼《は》りついている。

「おまえ、びしょ濡れじゃないか。問屋場《といやば》に貸し傘《がさ》があったろうに」

おりきは慌てて手拭いを差し出したが、いっそ着替えたほうが早い。

「なんの、この吹き降《ぶ》りだ。傘なんて持ってたところで、縄《なわ》にも蔓《つる》にもかかりゃしねえ。傘もろとも吹っ飛ばされそうでよ」

「いいから、早く着替えておいで」

へっ、と達吉は首を竦めて去っていったが、おりきは玄関帳《げんかんちょう》や留帳《とめちょう》を改めると、おうめ、と女中頭《じょちゅうがしら》の名を呼んだ。

今宵《こよい》の宿泊客は三組である。

おっつけ、客を乗せた旅四手《たびよって》が雨に煽《あお》られ、次々に到着するだろう。

こんな場合、正六《しょうろく》（駕籠《かご》舁き）たちは心得《こころえ》ていて、庇《ひさし》の下まで駕籠をつけてくれるので、客が濡れることは滅多《めった》にないが、少々老朽化《ろうきゅうか》した旅四手となると、そうもいかない。

たまに、雨漏《あまも》りすることもあるのである。

その場合に備えて、手拭いを多目に用意し、正六たちには降増《ふりまし》を弾《はず》まなければならない。

「お呼びにございますか」

おうめが顔を出す。

「この雨です。手拭いの用意は出来ていますね」

「はい」

「では、これは駕籠屋への降増だよ」

おりきは小菊紙《こぎくし》に包んだ酒手《さかて》をおうめに渡す。

そこに、着物を改めた達吉が戻ってきた。

「ご苦労だったね。問屋場はどうでした」

おりきは茶を淹《い》れようと、鉄瓶《てつびん》の湯を確かめた。

達吉は雨に洗われたせいか、湯上がりのような顔をしている。

「へい。参勤のほうはひと区切ってところですが、三役《さんやく》が迫っていやす。今日はその触《ふ》れと、期間中の宿泊客を、いいえ、これは予約のある客だけですが、届け出るようお達しがありました」

「そうだったね。もう、七月の三役だ」

おりきはふっと肩で息を吐いた。

七月の三役とは品川行事で、七月七日の七夕《たなばた》、十五、十六日の大竜寺海施餓鬼《だいりゅうじうみせがき》、二十六夜《にいざよい》のことを指す。

七夕は主に遊里《ゆうり》の行事として行われ、大竜寺海施餓鬼は水死者を弔うための精霊流《しょうろうなが》しであるが、品川宿門前町が最も活気を見るのは、二十六夜である。

品川は江戸で筆頭《ひっとう》の月見の名所とされ、二十六夜待と呼ばれるこの行事は、月中に菩薩《ぼさつ》が現われると言われ、江戸ばかりか、武蔵《むさし》や相模《さがみ》からも人が集まった。

二十六夜待は一月にもあるが、ほかに八月の十五夜、九月の十三夜と合わせ、年四回の月見の行事が知れ渡っていた。

門前町はそのたびに、どこの宿も満室となった。

「うちは常連客だけだからいいようなもの、釜屋《かまや》や近江屋では大変だろうね」

おりきは湯呑に茶を注ぐと、お上がり、と長火鉢《ながひばち》の猫板《ねこいた》に置いた。

焙《ほう》じ茶の香《こう》ばしい匂いが、つんと鼻を衝《つ》く。

「それはそうとね、番頭さん、幾千代さんのことを知っていますか?」

おりきの唐突《とうとつ》な言い方に、達吉は何事かと目を白黒させる。

「芸者の幾千代姐さんのことでやすか?」

「そう。海蔵寺《かいぞうじ》に詣《まい》ると、時たま出会《でくわ》すことがあるのだけど……。どなたか知り合いでも祀《まつ》ってあるのかと思っていましたが、言葉を交わすわけでもなく、いつも目顔《めがお》で会釈すると、すっと逃げるようにして去って行かれますの」

「海蔵寺へねえ……」

達吉は何やら心ありげな顔をした。

「何か知っていますか」

「知っているといえば、知っておりやすがね。幾千代姐さんは猟師町《りようしまち》の仕舞《しも》た屋に住む、自前《じまえ》の芸者です。品川本宿に現われたのは、さあてね、十五年ほど前のことですかね。それまでは北（新吉原）にいたとか深川にいたとか、噂が飛び交《か》ってやすが、あっしにもはっきりとしたことは分かりやせんので……。まっ、小股《こまた》の切れ上がった俠《きゃん》なところを見ると、深川でしょうかね。どっちにしたって、三味線《しゃみせん》の腕と喉《のど》は天下一品だ。どんなに金を積んでも転ばないことでも有名でしてね。姐さんの口癖《くちぐせ》も、あたしゃ芸は売っても身体は売らない白芸者《しらげいしゃ》、といいやすからね。気が強く、喧嘩《けんか》っ早《ぱや》いことでも有名ですが、どういうわけか、客受けがよい。歳も三十路《みそじ》はとっくに過ぎ、いや待てよ、四十路《よそじ》に手が届くかもしれねえな。それが毎晩のようにお座敷がかかるんですからね。まっ、女将さんも知っていなさるように、姐さんはあの器量だ。何より、姿がよい。歌麿《うたまろ》か国貞《くにさだ》の美人画に出てくるような立ち姿に、月の眉《まゆ》。ああいうのを、すんがり華奢《きゃしゃ》というんでしょうね。まっ、あっしにも姐さんを贔屓にする通人の気持が解るような気がしやす。じょなめいたようでいて、高腰《たかごし》。その相克《そうこく》が男にとっちゃ堪《たま》んねえ……」

達吉が柄《がら》にもなく脂下《やにさ》がった物言いをする。

「そんなお女《ひと》がなぜ大尽貸しをするのかしら？」

「……………」

達吉は目をまじくりとさせ、おりきを見た。

「大尽貸し……。女将さん、どこで、それを……」

「いえね、一刻《いっとき》（二時間）ほど前のことだけど……」

おりきは幾千代と近江屋忠助、山城屋益五郎の間にあったことを話し始めた。

大尽金（貸し）とは、遊里で遊ぶ人のために用立てる金のことをいった。

天利という高い利息を、貸す時点で差し引き、返済期日は二十五日である。

これで一月分《ひとつきぶん》の利息を取るのだが、借手《かりて》は大店《おおだな》の主《あるじ》や息子、高禄《こうろく》の武士に限られているので、返済はまずもって堅い。

金がないのではなく、たまたま持ち合わせがなかったり、親に内緒で遊ぶ道楽息子を相手とするので、いずれ、貸した金は間違いなく戻ってくる。

無論、真っ当な金貸しではなかった。

だが、遊里ではなくてはならないのも事実であり、お上《かみ》は黙認していたようである。

品川三宿でも、大尽金を扱う金貸しは十指《じっし》に余った。

が、幾千代は表向きは飽くまでも自前芸者で、大尽貸しといっても、誰にでも貸すわけではなかった。

お武家にゃ貸さない……。

幾千代は一見羽振《はぶ》りの良さそうな旗本《はたもと》であろうと、頑《がん》として、首を縦に振ろうとしなかった。

見てくれや体裁《ていさい》は良くても、一歩屋敷の中に入れば、火の車だということを知っていたのである。

「ごねくり返された挙句《あげく》、腰の物でも振り回されたんじゃ、おこちんだ」

幾千代はそんなふうに言っていたという。

「そこが姐さんの卒《そつ》のないところよ。勇み肌といったって、所詮《しゅせん》、女《おな》ごだ。四の五の絡まれた日にゃ、敵わねえもんな。その点、大店相手なら、店先で金の話をされたんじゃ、商《しょう》売《べえ》に障《さわ》りが出る。五両や十両の金なら右から左ということも、お見通しなんだろうよ」

達吉は自分が手《て》柄《がら》でも立てたかのように、小鼻を膨《ふく》らませた。

「番頭さん!」

おりきがきっと達吉を睨めつける。

達吉はへっと首を竦めたが、

「あっしは別に姐さんが悪いことをしているとは思いやせんがね」

と続けた。

「だって、そうでやしょ? 大尽金を借りる者は、天利だろうと、返済期日が二十五日だろうと、しっかり頭の中に叩き込んだうえで借りるんでやしょ? しかも、なんてェたって、遊興《ゆうきょう》に遣《や》った金だ。商売の遣り繰りに困ったとか、食うや食わずの者に、やいのやいのと取り立てるわけじゃありやせんからね」

「何を言ってるのだか。あの女《ひと》はね、食うや食わずの者には、鐚銭《びたせん》だって貸しゃしませんよ」

おりきとしては、幾千代の行為《こうい》に異論を唱《とな》える気持はさらさらないが、こう達吉に庇《かば》い立てされたのでは、些か、柳眉《りゅうび》が逆立《さかだ》つ。

「ところが、そうでもねえんで……」

達吉は焙じ茶をぐびりと飲んだ。

「………」

「姐さんはね、御薦《おこも》や不眼《ふがん》(盲人)を見ると気前よく餉箱《げばこ》に銭を入れてやるし、月に一遍《いっぺん》は鈴ヶ森の太刀取《たちどり》(斬首役《ざんしゅやく》)に袖《そで》の下を摑《つか》ませて、処刑の迫った罪人に立酒《たちざけ》を飲ませてくれ、と頼み込むそうだ。見っかったら、これもんですぜ」

達吉は自《みずか》らの首にちょんと当身《あてみ》を入れた。

「鈴ヶ森の罪人に……」

おりきは息を呑んだが、それで、海蔵寺の首塚に繫《つな》がったような気がした。

「番頭さん、そのことで、何か知っていることはありませんか」

おりきは縋るような目で、達吉を見た。

「まっ、いろんな噂が勝手に一人歩きしていやすがね」

「噂とは……」

「へえ、これが、馬鹿げた話でやして。姐さんの情人《いろ》ってェのが大悪党で、下谷《したや》の紙問屋一家皆殺しの下手人《げしゅにん》として挙《あ》げられ、磔《はりつけ》、晒《さら》し首になったとか、姐さんの親父ってのが盗人《ぬすっと》の一味で、鈴ヶ森で斬首されたとか……。が、やつら、根拠があって言っているわけじゃありやせんで。なに、そうだとしたら、なんとなく、幾千代姐さんらしいやっことでやして」

「……………」

「まっ、あっしの見るところ、何もかもが姐さんの気放《きほうじ》。憂《う》さ晴《ば》らしじゃないかと思いやすよ。削者《そげもの》（変人）ですからね。金満家《きんまんか》やえばったやつにけ情を張ってみたり、高腰な態度に出るが、弱者にはつい手を差し伸べたくなる。粋じゃござんせんか。あっしは好きですね。大尽金で儲《もう》けた金を、惜《お》しげもなく弱者のためにぽんと懐《ふしころ》を叩《はた》く。近江屋の旦那には済まねえが、山城屋の若旦那の人いびりされる顔が目に見えるようで、なんだか、こう、胸の支《つか》えが下りていくようですね」

　達吉が面《つら》の皮を剝《む》いたように言う。

「番頭さん！」

　おりきは声作して、達吉を諫《いさ》めた。

「では、幾千代さんは三宿の嫉《そね》み者というわけではないのですね」

　達吉は、なんの、と片手を振った。

「寧《むし》ろ、半玉《はんぎょく》や新造なんかに頼りにされているみてェですぜ。見世の御亭《ごてい》や遣手《やりて》に言えねえ心底話《しんていばなし》なんかも、幾千代姐さんは嫌な顔ひとつしねえで聞いてるって話ですからね」

　おりきは幾千代のほっそりとした、白水仙《しろすいせん》のような立ち姿を想《おも》った。

　白粉《おしろい》などいらないほどに白い肌に、切れ長の目。だが、その白い頬はどこか哀愁を帯びていて、幾千代を一層神秘的に見せているのだった。

おりきが幾千代の姿を見るのは、大概海蔵寺の境内《けいだい》であった。

幾千代はお座敷前の寛《くつろ》いだひとときなのか、黒八をかけた縞柄《しまがら》の着物に、洗い髪を櫛巻きにするか草束《くさたば》ねという姿であったが、擦《す》れ違いざま、はらりと見せる裾裏《すそうら》の粋なこと……。


つんと鼻を衝く香《こう》の匂《にお》いには、女のおりきでさえ、胸がきやりと高鳴るのだった。

おりきは一度話しかけようとしたことがある。

ところが、幾千代はおりきが口を開こうとすると、つと伏し目がちに、その視線を突っぱねてしまったのである。

それは痛いほどの峻拒《しゅんきょ》であった。

以来、海蔵寺の境内で幾千代に出逢うことがあっても、おりきは遠目に眺めるだけで、たまに視線が絡まることがあると、軽く会釈してやり過ごした。

だから、おりきの中では、大尽貸しをする幾千代と、客や半玉たちに評判の良い幾千代が、もうひとつ、しっくりと折り合わない。

益五郎や近江屋忠助の前で啖呵《たんか》を切り、海蔵寺で誰をも寄せつけない雰囲気を漂わせる幾千代……。

そうかと思えば、弱者にはぽんと気前よく懐を叩き、斬首される罪人に立酒を飲ませてくれと、役人に鼻薬を嗅《か》がせる幾千代……。

その落差が、おりきにはどうしても解《げ》せなかった。

「宜《よろ》しゅうございますか」

帳場の外から声がかかった。

板頭《いたがしら》の巳之吉《みのきち》である。

「巳之吉かえ」

「夕膳の献立《こんだて》でやすが……」

「お入り」

おりきが答えると、巳之吉が片襷《かただすき》に捻《ねじ》り鉢巻《はちまき》といった出立《いでたち》で、そろりと障子《しょうじ》を開ける。

それを合図に、達吉が、ではあっしはこれで、と立ち上がった。

「弱りやした。杢助《もくすけ》の愚図野郎《ぐずやろう》が苫舟《とまぶね》から魚を揚《あ》げようとして、鮮魚箱《せんぎょばこ》を海に落っことしやして」

日頃から感情を露《あら》わにしない巳之吉の仕こなし顔が、苦々《にがにが》しそうに歪《ゆが》んでいる。

「鮮魚箱が！　それで、魚はどうしました？」

「それが、よりによって、鯛《たい》の入った箱を落っことしちまって……。杢助がすぐに海に飛び込んだのですが、一匹も掬《すく》えやせんでした」

「では、鯛以外の魚は大丈夫だったのですね」

おりきは少し安堵した。

「へい。ですが、鯛がないとなると、献立に障りが出ます。刺身《さしみ》に焼物《やきもの》、吸物《すいもの》と、鯛の代わりになるものはありやせん」

「けれども、今からでは、魚市場にひとっ走りって具合にもいかないわね」

おりきの脳裡《のうり》をちらと近江屋の顔が掠《かす》めた。

だが、おりきは、いや、とその想いを払った。

忠助に頼めば、近江屋の板場を遣り繰りしてでも、鯛の二、三匹は調達してくれるだろう。

だが、それでは、近江屋の板前たちが、また、献立に頭を悩ませることになるのである。

「ほかに刺身になる魚はないのですか」

「鮮度のよい鯵《あじ》が入ってやす。けど、こいつが全て掌《てのひら》にも満たない小鯵でやして。とても刺身にゃ……」

「小さくても活《い》きがいいのだろ? だったら、漁師風に叩《たた》きにしてはどうかしら? それに、焼物は茶屋の板場を覗《のぞ》いて、穴子が余っているようなら、譲《ゆず》ってもらえばいい。茶屋で穴子飯が出るのは、中食どきだ。穴子を工夫《くふう》して、それこそ、巳之吉らしい料理を作ってみてはどうかしら」

「茶屋にですかァ……」

巳之吉は不服そうに、ちらと眉を顰《ひそ》めた。

おりきが見るところ、巳之吉と茶屋の板頭弥次郎《やじろう》とはしっくりいっていないようである。

巳之吉には旅籠の板頭という自負《じふ》からか、どこか茶屋を見下したところがあり、弥次郎にはいつか自分もという、野望と妬心《としん》があるのだろう。

「そうかい。では、わたくしから弥次郎に言いましょう」

「へい。そうしていただくと、助かりやすが……」

巳之吉はほっと眉を開いた。

全く、これだから……。

おりきは歯噛《はが》みするが、これも女将の務めとばかりに、立ち上がった。


梅雨《つゆ》に入ったようである。

昨夜、夕嵐《ゆうあらし》のように猛《たけ》り狂った空や海が、今朝はひっそりと鳴りを潜《ひそ》め、小糠雨《こぬかあめ》がまるで小娘が忍び泣くように、しとしとと庭木や蹲を濡らしている。

時折、雲の割れ日から光が射《さ》し込み、霧《きり》のような雨を銀色に光らせているが、どうやら、この厚い雲は暫く居座るようである。

おりきは常着《つねぎ》にしている黒地の井桁絣《いげたがすり》に袖頭巾《そでずきん》を被《かぶ》ると、茶屋《ちゃや》番頭《ばんとう》の甚助に、では行ってくるからね、と声をかけた。

「おや、女将さん、やっぱり行きなさるのですか。この雨だ。何も今日でなくてもいいものを……」

甚助が渋顔《しぶがお》を作った。

「この程度の雨ですもの、大丈夫ですよ。それに、どうやら梅雨に入ったようだし、止むのを待っていたら、いつになるか分かりません」

「では、高足駄《たかあしだ》を用意しやしょう。なに、あっしが行ったって構わねえのですがね、女将さんがどうしても自分で行くと言いなさるもんで。おたかのやつも果報者《かほうもの》だ。どこの世界で、使用人が高々《たかだか》五日ほど寝込んだだけで、女将自ら見舞ってくれやしょうか」

「暫く前から、妙な咳《せき》をしていたからね。善助《ぜんすけ》に南本宿まで走らせたので、おっつけ、素庵《そあん》さまも大森海岸までいらっして下さるでしょう。では、あとは頼みましたよ」

おりきは通りに出ると、傍示杭《ぼうじくい》の前で客待ちをしている旅四手に合図した。

正六たちも慣れたものである。

おりきの姿を見ると、愛想《あいそ》の良い顔をして、へいほう、と掛け声をかけながら、やって来る。

「雨の中を悪いのだけど、大森海岸までやって下さいな」

「へい。大森海岸はどちらまで」

「漁師の嘉六《かろく》さんの家なのだけど」

「嘉六ねえ……。おい、おめえ、知ってるかよ」

前棒《まえぼう》を担《かつ》ぐ正六が、相方《あいかた》に訊《き》く。

「いんや、知らねえ」

「とにかく、大森海岸まで行って下さいな。付近で誰かに訊けば分かるでしょう」

「承知！」

おたかは漁師の娘で、十九歳になる。

口入婆《くちいればば》のおりゅうに連れられ、立場茶屋おりきにやって来たのは、おたかが十五歳のときだった。

「飯盛女《めしもりおんな》のほうが銭になるってェのに、この娘、どうしても嫌だとじゃじゃ張《ば》ってね。おっかさんが長患《ながわずら》いだというに、情の強《こわ》い娘よ」

おりゅうが猿眼《さるまなこ》を炯々《けいけい》と光らせて言うと、おたかは日焼けした顔を、つと差《さ》し俯《うつむ》けた。

あとで判《わか》ったことだが、おたかには言い交《か》わした清太《せいた》という漁師がいた。

清太のためにも、おたかは地娘《じむすめ》でいたかったようである。

ところが、おたかの母親の病は重くなる一方であった。

とても、海とんぼ（漁師）の父親の収入とおたかの給金でけ、下に三人の弟や妹を抱え、薬代にまで手が回らない。

事情を知ったおりきは、茶立女の仕事のほかに雑用を与え、給金を水増《みずま》ししてやったのだが、その程度の金では川向こうの立聞《たちぎき》にもならず、そうかといって、おたかだけ特別扱いにするわけにもいかなかった。

立場茶屋おりきに来て二年目に入った頃だろうか、おたかが茶屋に出る時間を五ツ半（午前九時）に遅らせてもらいたいと言い出した。

理由《わけ》を訊くと、早朝、海女《あま》として海に潜《もぐ》り、鮑《あわび》を捕るのだという。

捕った鮑を市場に出さず、旅籠や台屋《だいや》の板場に直接卸《おろ》すと、結構な金になるそうである。

「だが、おまえ、それでは身体が続かないだろうに……」

おりきはおたかの身を案じた。

夜明け前に海に潜るとたっぷり一刻半《いっときはん》（三時間）海中を漁《あさ》り、収穫した鮑を卸したあと、立場茶屋に出てくるのである。

茶屋の仕事は五ッ半（午後九時）で終わったが、その後、旅籠の雑用までこなして、帰宅は四ッ半（午後十一時）を廻る。

どう考えても、一日の睡眠は二刻《ふたとき》（四時間）ほどであった。

「あたしは海とんぼの娘です。元気なだけが取り柄《え》ですから」

おたかはいつもそう笑っていた。

そんな生活が三年も続いたであろうか。

夏場はまだそれでも良かったが、酷寒《こっかん》の海に潜るのは、堪ったものではない。

「女将さん、海の中のほうが温かいって、知ってます?」

おりきが冬場だけでも海に潜るのは止めてはどうかと言うと、おたかは冬の鮑のほうが美味しいし、高く売れるのだ、とけろりとした顔で言った。

ところが、この冬は格別寒かった。

おたかが妙な咳を始めたのは、正月を過ぎた頃である。

おたかはそれでも海に潜り、茶屋の仕事も難なくこなしていた。

ただ、幾分食が細ったように見えた。

中食を摂りながらも、気怠《けだる》そうに虚《うつ》ろな表情をしている。

そんな中、おたかの母親が亡くなった。

節分《せつぶん》を明けた頃である。

それが契機か、おたかは緊張の箍《たが》が外れたかのように、時折、寝込むようになったのである。

そして五日前、遂《つい》に、おたかはなんの連絡も寄こさないまま、姿を見せなくなったのだった。

茶屋番頭の甚助は、この猫の手も借りてェときに、と憎体口《にくていぐち》に言ったが、おりきはおたかの体調が想像以上に悪いのだ、と感じた。

我勢者《がせいもの》のおたかのことである。

母親が亡くなったとはいえ、年端《としは》のいかない弟や妹を想えば、身体を鞭打《むちう》ってまで、働くに違いない。

「やはり、大森海岸を訪ねてみましょう」

おりきがそう言ったのは、昨日のことだった。

漁師の嘉六の家はすぐに見つかった。

だが、それは家というより納屋《なや》に近い蒲鉾小屋《かまぼこごや》で、竹や粗末な板を貼り合わせ、屋根は柿葺《こけらぶ》きである。
風に飛ばされないように、ところどころに石を置いてあるのが、なんともいじましい。
障子代わりの筵《むしろ》を捲《めく》ると、薄暗い板間に、おたかが病臥していた。
その傍《かたわ》らで、十歳ほどの男の子と女の子が蹲《うずくま》り、縄を綯《な》いでいる。
「女将さん……」
おたかはおりきの顔を見ると、はらはらと涙を零《こぼ》した。
わずかばかりの間に、すっかり痩《や》せこけている。
かつて丸く膨らんでいた頬が削《そ》げ、小麦色だった肌から血の色が失せていた。
おりきは胸に焼き鏝《ごて》を当てられたような、痛さと熱さを感じた。
こんなになるまで、どうして気づいてやれなかったのだろうか……。
慚愧《ざんき》の念に堪《た》えなかった。
「どうやら、おっかさんと同じ病に罹ったようだの」
暫くしてやって来た内藤素庵は、しかも、かなり悪い、と首を振った。
素庵は南本宿で開業する本道《ほんどう》（内科）の医者である。
薬料《やくりよう》の高いことでも有名であったが、今はそんなことを言っている場合ではなかった。
おりきは薬料は立場茶屋おりきが払うので、手篤《てあつ》く診《み》てやってくれ、と頭を下げた。
だが、なんといっても、一等悪いのは、この環境であろう。
滋養《じよう》のある物も食べさせなければならない。

いっそ、茶室に……。

そんな想いが、ちらと頭を過ぎった。

だが、そんなことが出来るはずもない。

立場茶屋おりきは客商売である。

先代の女将が茶室で病臥したのは致し方ないとしても、使用人のおたかを、ましてや胸を患っているというのに、引き取るわけにはいかなかった。

だが、なんとかしなければならない。

「朝と夕方、見世の者に食事を届けさせましょう。とにかく、おまえは何も考えないで、養生《ようじょう》するのですよ」

おりきは取り敢《あ》えずそう言うと、蒲鉾小屋を出た。

風がまた出てきたのか、海がひゅるひゅると唸《うな》り声を上げ、細い雨の糸が横殴りに吹きつけてくる。

着物の裾《すそ》が瞬《また》く間に濡れそぼっていった。

が、おりきの心はもっと濡れていた。

涙が内へ内へと籠《こ》もっていくのである。

泣き叫べたら、どんなにか楽だろう……。

けれども、そんなことをしても、おたかの病が癒《い》えるわけではない。

海辺に待たせていた旅四手に乗ると、名残《なごり》を告げるかのように、海猫《うみねこ》が啼《な》いた。

そろそろ、四ッ半（午前十一時）になるのだろうか……。

鈴ヶ森近くまで来たときである。

「おっ、ありゃ、幾千代姐さんじゃねえか！」

四手《よつで》駕籠《かご》の前棒が叫んだ。

「ほんによォ……。この雨の中、涙橋《なみだばし》に佇んでやがる」

おりきは胸を鷲摑《わしづか》みにされたように思った。

「駕籠屋さん、ちょいと止めて下さいな」

「へい」

駕籠が止まる。

おりきは覗き窓から、そっと外を窺った。

「…………」

幾千代であった。

幾千代が涙橋に佇み、何かに憑《つ》かれたように、刑場へと目をやっているのである。

御納戸《おなんど》色《いろ》の鮫小紋《さめこもん》を裾まくりし、茄子紺《なすこん》の袖頭巾、斜《はす》に差した紅葉傘《もみじがさ》……。

緋色《ひいろ》の蹴出《けだ》しが、目に沁《し》みるようであった。

「今日は処刑があるたァ、聞いちゃねえがな……」

正六の一人がぽつんと呟《つぶや》いた。

「済まなかったねえ。行って下さいな」

おりきは覗き窓から顔を離した。

高輪《たかなわ》の亀蔵《かめぞう》親分が立場茶屋おりきにやって来たのは、翌日のことであった。

親分はおまきの消息を持ってきてくれたのである。

一月《ひとつき》ほど前、おまきは悠治《ゆうじ》と夫婦《めおと》を名乗り、この旅籠に泊まった。

ところが、悠治は江戸に出す見世の下見《したみ》と言って、おまきを残し、八十両の金を持ち逃げしてしまったのである。

八十両は岡崎でおまきが奉公した小間物屋《こまものや》油屋丑蔵《あぶらやうしぞう》の金であった。

病で倒れた丑蔵の日を盗み、悠治に唆《そそのか》されたおまきが猫ばばしたのである。

「そのくれえ貰ったところで、油屋には端金《はしたがね》さ。第一、遊里から女郎《じょろう》を落籍《ひか》せてみな？百両は下《くだ》らねえだろうが。おまけに、おめえには下女として只ただ働きさせてるんだ。八十両貰ったって、文句は言わせねえ」

悠治はそう言い、江戸に出て所帯を持とう、二人で見世を出そうじゃないか、と甘い言葉を囁《ささや》いた。

父親の借金の形《かた》に、丑蔵のもとでおさすりとして扱《こ》き使われていたおまきには、悠治は初めて女の悦《よろこ》びを味わわせてくれた、愛《いと》しい男でもあった。

悠治に捨てられたと知ったおまきは、品川の海に身を投じようとした。

そんなおまきを叱咤《しった》し、引き戻したのが、おりきである。

おりきはすぐさま岡崎の味噌問屋《みそどんや》尾張屋《おわりや》に文を出し、油屋丑蔵の消息を調べてほしいと依頼した。

おりきにはおまきを引き取ってもよいと腹ができていた。

だが、おまきが丑蔵の金をくすねたことは紛《まぎ》れもない事実であり、そのまま頬っ被りしておくわけにもいかなかった。

どうか、丑蔵が奉行所に届け出ていませんように……。

そう願うほかなかった。

尾張屋からは時を経ずして、返書が届いた。

それによると、丑蔵はとっくに床上《とこあ》げをしており、驚くことに、既《すで》に別のおさすりを家に入れているというのである。

察するに、丑蔵は騒ぎ立てて、藪蛇《やぶへび》にでもなってはと危惧《きぐ》したのであろう。

だが、だからといって、このまま見て見ぬ振りを通すのは、おまきにとって決して得策とは言えなかった。盗みを働いた良心の呵責《かしやく》に、おまきは生涯縛られることになる。

おりきはおまきを連れて、岡崎まで出向こうと思った。

ところが、この件でも、尾張屋助左衛門《すけざえもん》が間に入り、ことを穏便《おんびん》に収めてくれたのである。

助左衛門の調べによると、元々、おまきの父親の借金は十両ほどのものだったようである。

それを、丑蔵は五年もの間、おまきをお端下《はした》として、妾《めかけ》として、体《てい》よく扱き使ってきたのである。

助左衛門は妾として考えるのならば、八十両では下直《げじき》すぎよう。お端下として考えても、この五年、摘銭《つまみぜに》一枚渡していないのは、どういう了見《りょうけん》かと迫った。

「なんなら、後腐れなしに、出るところに出たっていいんだぜ。おまきも自分の犯《おか》した罪を償《つぐな》うほうが、いっそすっきりするかもしれねえ。が、御奉行にも心があろう。果たして、八十両を丸々おまきが盗んだと裁断されるだろうか……」

助左衛門のその言葉に、丑蔵は色を失った。

「おまえさん、裏の商いで阿漕《あこぎ》なことをやっていなさるようだが、現在《いま》、お上《かみ》に入られては困るんじゃありませんかな」

「解った。では、この件はなかったことにしよう。だが、このまま引き下がるのは、あの小娘にしてやられたようで、なんとしても口惜《くちお》しい。そうだ、おまきの父親に貸した十両だけは返してもらおうじゃねえか。だったら、黙って引き下がろう」

丑蔵はそう言ったという。

十両は尾張屋助左衛門が肩代わりしてくれた。

だが、それで済ませられるわけがない。

おりきは即座におまきに十両を託《ことづ》けると、岡崎に発《た》たせた。

下女の給金は、凡《およ》そ年一両二分である。

助左衛門に肩代わりしてもらった十両は、おまきに尾張屋に奉公して返す気があるならば、七年もすれば返せる額である。

その場合は、おまきに託けた金は、金飛脚《かねひきやく》で送り返してくれればよい。

けれども、仮に、おまきが岡崎に居づらくなり、品川に戻ってきたいと思うのなら、世話になった助左衛門に礼を尽《つく》し、身も心も、新たになって戻っておいで……。

おまきには、そう言っていたのである。

「行方不明《ゆくえふめい》だった父親も捜し出し、幼い弟たちにも、別れを告げたそうだ。あと半月もしたら、戻ってこようて」

亀蔵親分は提《さ》げの煙草入《たばこい》れから継煙管《つぎきせる》を取り出すと、器用な手つきで、甲州煙草《こうしゅうたばこ》を詰めた。

「そう、戻ってくるのですね。それは良かった……」

おりきは目を細めた。

梅雨空に立ち込めた灰色の雲間から、ひと筋の光が射し込んだように思えた。

「だがよ、肝心《かんじん》の悠治の足取りが、さっぱり摑めねえ」

つられて破顔《はがん》しかけた亀蔵親分だが、慌てたように、渋顔に戻した。

「その男《ひと》のことなのですがね。見つけ出して、その後、どうなさるおつもりですか」

「決まってらァ。お縄にするさ。いいか、おまきと岡崎とけ決着がついた。だがよ、おまきから金を盗んだのは、悠治だぜ。お構いなしとはいかねえな」

「けれども、おまきは悠治を訴えていませんよ。それに、表沙汰《おもてざた》になったら、せっかく穏便にことを収めた岡崎の件までが、再び表に出ることになりませんか」

「そりゃそうだが、だからといって、悠治のやつを見逃すわけにゃいくまいて。せめて、自身番につき出して、お仕置きのひとつでもしねえと、このおいらの気が済まねえ。俺ャな、何が許せねえって、女《おな》ごを食い物にする男ほど許せねえものはないんだ」

「おやおや、親分は女の味方ですものね」

「そういうこった。高輪や品川を縄張りにしてみな。親や男の食い物にされた女ごを、見飽きるほど見てきたさ。おっ、そう言ャ、ちらと小耳に挟んだのだが、茶立女のおたか、労咳《ろうがい》だって？　可哀相《かわいそう》に、おっかさんと同じ病とはね。おたかだってそうだ。父親の食い物にされてよ。おとっつァんが堕《だ》らしねえもんだから、おっかさんや弟たちの食い扶持《ぶち》までおたか一人の肩にかかってよ」

「おたかの父親は漁師でしょうが」

「これが食えねえ話よ。漁師とて、我勢して働きゃ、女房や子を養える。稼ぐに追いつく貧乏なしというじゃねえか。ところがよ、嘉六ってのがとんでもねえ糟喰《かすくらい》でよ。稼いだ金は綺麗《きれい》さっぱり般若湯《はんにゃとう》に消えるわけさ。おまけに、どろけんになった翌日は、漁にも出ねえ。おたかは十歳になるやならない頃から、大人に混じって、海に潜ってたぜ」

「…………」

「それによ、おっかさんが胸を病んじまっただろ？　弟たちの食い扶持だけじゃなく、薬代の工面もしなくちゃならなくなった。それで、茶立女に出たんだがよ、嘉六の野郎、なんて言ったと思う？　銭にもならねえ茶立女なんぞになるんじゃねえ。孝行したけりゃ、女郎になれ……ってよ。酒食らって、ろくに漁にも出ねえ親の言うことか？　だがよ、おたかは頑として、飯盛女に出るとは言わなかったね」

「…………」

「好いた男《ひと》がいるそうじゃないか」

亀蔵親分は苦々しそうに、ぽんと煙管の雁首《がんくび》を灰吹に打ちつけた。

「ああ、いたよ。清太という男がね」

あっと、おりきは息を呑んだ。

亀蔵親分が過去形で言うとは、まさか……。

「確かに、今年に入る頃まではいた。だがよ、おっかさんがあの病だろう？　節分を過ぎた頃から、おたかが妙な咳をするようになった。清太のやつ、怖《お》じ気《け》づいたんだろうな。それでなくても、糟喰のおとっつァんや年端のいかねえ弟や妹を抱えてるんだ。このうえ、おたかまで病持ちときちゃ、尻も引かァ。雛《ひな》の節句《せっく》を迎えた途端《とたん》、さっさと隣村から嫁を貰っちまった」

「…………」

おりきは絶句《ぜっく》した。

なんと言っていいのか分からない。

ただ、身体のどこかを鋭利なもので斬《き》りつけられたように感じた。

痛いのではない。重いのである。重さがじわじわと、身体の節々《ふしぶし》を伝い、ぺたりと胸の中を塞《ふさ》いでいく。

「親分」

おりきは胸の重さを払うようにして、声をふり絞《しぼ》った。

「あの娘《こ》がここまでなるまで、気づいてやれなかったのは、わたくしの責任です。今さら、悔やんでも仕方のないことですが、わたくしに出来ることはなんでもしてやりたいと思いますの。それでね、治療のほうは素庵さまに頼みましたが、大森海岸の家は決して療養に適しているとは思えません。どこか、療養に向いた住まいけないものでしょうか。無論、わたくしどもでも探しますが、親分は顔が広くていらっしゃる。どうか宜しくお願い致します」

「そうけえ。おまえさんらしいや。まっ、そこまで無理することはねえと言いたいところだが、耳を貸さねえのも知っている。よっし、解った。いっその腐れだ。探そうじゃねえか」

親分の獅子《しし》っ鼻《ぱな》がぷくりと膨れる。

これは、満足なとき、親分の出す癖であった。

降り み降らずみだった空が、ようやく明るさを取り戻してきた。

雨の露《つゆ》を存分に吸った若葉が、淡い光を浴びて、時折、眩《まぶ》しげに瞬いている。

おりきは先代の墓に花菖蒲《はなしょうぶ》を手向《たむ》け、小筒《ささえ》に入れてきた七つ梅を手塩皿《てしおざら》に移し、

「たんと飲んで下さいね」

と手を合わせた。

先代は下り酒を実に旨そうに飲んだ。

大して量を飲むわけでもなく、客の相手をするわけでもなかったが、一日の仕事を終え、出入帳に目を通すと、白板《しらいた》や数の子を肴《さかな》に、銚子《ちょうし》に一本ほどの酒を嗜《たしな》むのである。

「極上上吉《ごくじょうじょうきち》！　堪《こた》えられないねえ」

先代の、ひと口飲んだあとの口癖である。

おりきもたまにお相伴《しょうばん》に与《あずか》ることがあったが、先代は大概独《ひと》り酒を飲んだ。

銚子一本の酒を、半刻《はんとき》（一時間）ばかりかけて、しみじみと味わうのである。

猪口《ちょこ》を片手に、先代は、どこか遠くを瞠《みつ》めているようでもあり、時折、まるで誰かに頷《うなず》くかのように、うんうん、と首を振ってみせるのだった。

やがて、おりきにも、その仕種《しぐさ》の意味が解ってきた。

先代は目に見えない誰か、恐らく、心の中にいる誰かと盃《さかずき》を傾《かたむ》け、語り合っていたのであろう。

おりきの目の先を、燕《つばめ》がすいっと掠めていった。

久しく耳にしなかった鳥の囀《さえず》りが、山若葉《やまわかば》のあちこちから聞こえてくる。

おりきは線香に火を点けると、この一月《ひとつき》に起きたさまざまなことを、墓前に報告した。

茶屋も旅籠も売り上げが上向きであること……。

板頭の巳之吉がまた目新しい料理を工夫し、風味《ふうみ》合《あい》も上々ならば、客受けも良いこと……。

案じていたおまきが十日もすれば岡崎から戻ってくること……。

茶屋でおたかが抜けたあと、おまきが勤めてくれたならば、番頭の甚助も文句はなかろう。

おまきをそのまま茶屋で使うか、旅籠の女中に廻すか、それは追々《おいおい》決めればよいことである。

そして、おたか……。

おたかは下《げ》足番《そくばん》の善助《ぜんすけ》が見つけてきた、猟師町の長屋に移ったばかりである。

安普《やすぶ》請《しん》だが、大森海岸の蒲鉾小屋に比べれば、腰高障子《こしだかしょうじ》のついた恰好《かっこう》ものの長屋であった。

何より、医師の内藤素庵の家に近いのが、有難い。

身の回りの世話に誰か人を雇《やと》い入れることも考えたが、蒲鉾小屋で縄を綯んでいた少女の姿が、おりきの脳裡《のうり》をつっと過ぎった。

確か、十歳ほどになっていたと思う。

そうだ、妹に世話をさせればいいのだ……。

だが、もう一人いた少年。あの子は一体どうしたものか……。

そんなふうに案じたのだが、口入婆のおりゅうに確かめたところ、少年と少女は双子《ふたご》で、もう一人いる上の弟は、おりゅうの口利《くちき》きで、歩行新宿《かちしんじゆく》の瀬戸物屋《せともものや》に奉公に出ているという。

それでおりきの腹は決まった。

双子の男の子も、立場茶屋おりきの丁稚《でっち》として、引き取ることに決めたのである。

三吉《さんきち》という男の子は、下足番の善助の下につけた。

「おまえの下で仕事を教えてやっておくれ」

その言葉に、善助は初めて手下《てか》が持てたと、垂《た》れ目をしわしわさせて悦んだ。

おたかの世話や家の中の細々《こまごま》したことは、十歳になる双子の女の子おきちが熟《こな》している。

おきちは永年《ながねん》病臥した母親の世話で慣れているのか、打てば響くように、きりきりと立ち働いた。

いずれ、おたかの病が癒えたならば、おたか共々《ともども》、おきちも引き取ってやろう。

おりきはそんなふうに考えていた。

「女将さん、これで良かったのですよね」

おりきは先代の墓碑《ぼひ》に向かって呟いた。

どこからか、時鳥《ほととぎす》の声が聞こえてくる。

眼前で、線香の煙が身を捩《よじ》り、すじりもじりと渦を巻くように、上へ上へと昇っていく。

「人は情《なさけ》の器物《うつわもの》。おまえの信じる道を歩めばいいさ」

先代がそう囁いたようように思えた。

おりきは妙国寺《みょうこくじ》を出ると、海蔵寺へと脚を伸ばした。

雨は止《や》んだが、今朝方《けさがた》まで降り続いた雨に、どこもかしこも泥濘《ぬかる》んでいる。

高足駄を履《は》いているが、気を詰めるようにして脚を運ばなければ、裁《た》ち下《お》ろしたばかりの単衣《ひとえ》の三筋小紋《みすじこもん》に跳ねが上がりそうである。

おりきは四囲に目を配《くば》ると、知り人《びと》のいないのを確かめ、裾をひょいとからげた。

緋縮緬《ひぢりめん》の蹴出しが否が応でも目に飛び込んでくる。

ふっと、涙橋に佇む幾千代を想った。

幾千代は涙橋で何をしていたのだろうか……。

その疑念は、おりきの胸に尾を引いたように、居座った。

涙橋は品川から鈴ヶ森の処刑場に架《か》かる橋である。

この橋を渡ったら、罪人は二度と戻ってこられない。誰がつけたか、いつしか、涙橋と呼ばれるようになったのである。

「姐さんの情人ってェのが大悪党で、下谷の紙問屋一家皆殺しの下手人……」

「親父ってのが盗人の一味で、鈴ヶ森で斬首……」

達吉の言葉が甦《よみがえ》った。

海蔵寺の首塚で見せた、他人を寄せつけない、あの鬼気《きき》とした雰囲気……。

幾千代に何があったのだろうか。

おりきには他人の心に土足で踏み込むつもりはさらさらないし、詮索《せんさく》するつもりもなかった。

だが、幾千代だけはどうにも不可解で、胸が騒いでならないのである。

「幾千代さんの生《お》い立ちで、何か知っていることがおありですか」

おりきは亀蔵親分に尋ねてみた。

「大尽金のことか？　何も問題を起こしちゃねえ。うっちゃっとけばいいんじゃねえか」

親分は木で鼻を括《くく》ったような言い方をした。

「いえ、そのことではなく、先日、雨の中、涙橋に佇む幾千代さんを見かけたものですから……。それに、海蔵寺では、参詣《さんけい》のたびに、お見かけ致しますの」

「おお、そのことか……」

親分は鼻の頭をぽりぽりと掻《か》いた。

「なに、十五年も、いや、もう少し前かな。姐さんが深川の女郎屋にいた頃の話よ。情を交わした男がお店《たな》の金十両に手をつけて、お縄になってよ。十両盗めば打ち首だからな。

お店者《たなもの》だったその男け、鈴ヶ森で斬首となった。ところがよ、これが実に憐《あわ》れな話でよ。幾千代は本名をおちよというのだが、十六のとき安房《あわ》の半農半漁《はんのりけんぎょ》の家から売られてきてな。あと三年もすれば十年の年季が終わるって頃に、紙問屋の番頭と出逢った。それこそ鰯煮《いわしに》た鍋《なべ》よ。離れがたい仲になっちまったんだな。二人は三年も待てないとばかりに、懸命に働き、爪《つめ》に灯《とも》を点すようにして、金を溜《た》めたんだとよ。おらよは芯《しん》からしっかり者だ。それまでも客にせびった金をしこしこと溜めてたんだな。そして、あと十両溜めれば自由になれるってときに、事件が起きた。紙問屋の帳場から十両が消えたんだ。押し込みに入られた形跡はねえし、見世の者の仕業《しわざ》に違《ちげ》えねえとばかりに、使用人の持ち物が改められた。するてェと、番頭の柳行李《やなぎごうり》から十両の金が見っかったじゃねえか。幾千代とその番頭が心《しん》底《てい》づくってのは評判だったからな、幾千代の借金を綺麗にするために、番頭が見世の金に手をつけたってことになったのよ」

「まあ……。で、それは本当だったのですか」

「番頭は飽くまでも冤罪《えんざい》だと言い張ったさ。幾千代のために自分がこつこつと溜めた金だと。だが、そんな言い抜けが通用するはずもねえ」

「…………」

「男は処刑された。その後、幾千代は三年かかるところを一年で借金をちゃらにし、自由の身になった。品川に現われたのもその頃のことよ。以来、幾千代は死んだ男に義理立てするかのように、自前芸者として、どんなに金を積まれても、転ぶことなく生きてきた。

ただ、金には吝《しわ》いね。芸者の実入《みい》りだけで立派に食ってけるってェのに、大尽金を貸してまで稼ごうとする。それがよォ、見てると、まるで大店の主や道楽息子に意趣返《いしゅがえ》ししているみてェでよ」

「意趣返し？」

「というのも、男が処刑されて一年もあとのことよ。消えたはずの十両が出てきてよ。それが少々耄碌《もうろく》した紙問屋のご隠居がよ、離れの違い棚《だな》の引き出しに、隠してやがったのよ。爺《じい》さま、自分が隠したことまで忘れてやがった……」

「それでは、番頭は濡れ衣《ぎぬ》を着せられて処刑されたことになるではありませんか！」

おりきは思わず声を荒げた。

そんな莫迦《ばか》な……。

無実の罪で死んでいった男も憐れだが、幾千代の無念は如何《いか》ばかりのものであろうか……。

だが、どんなにお店を責めたところで、処刑された男は戻ってこない。

男が自分のために身を削《けず》るようにして金を溜めていなければ、嫌疑《けんぎ》をかけられることもなかったのである。

幾千代は自分を責めた。

「幾千代が十両に拘《こだわ》るのも、それだな。幾千代はちまちました金は貸さねえ。きっかり十両だ。十両以上でも、以下でもねえ。貸してくれと平手《ひらて》をつく大店の主を見て溜飲《りゅういん》を下げ、返済期日が一日でも延びれば、情け容赦なく責め立てる。意趣返しったって、そのくれえのことしか出来ねえのだがよ。いじましくって、なんだか泣けてくらァ」

亀蔵親分はそんなふうに話してくれたのである。

その夜、おりきは切《せつ》なさに煩悶《はんもん》した。

つらとしかけると、幾千代の細面でどことなく婀娜な姿が眼前を過ぎり、やがて、それは先代の女将おりきに変わった。

人は皆、他人に言えない疵《きず》を秘めている……。

そして、自分も……。

おりきは幾千代を身近に感じた。

海蔵寺への坂を登りかけ、ふと上を見上げたおりきは、息を呑んだ。

願光寺《がんこうじ》の手前を、幾千代が下りてくるではないか……。

幾千代は紅かけねずみの縞縮緬《しまちりめん》を褄高《つまだか》に着て、高足駄を履いた足許《あしもと》を、外八文字《そとはちもんじ》を描《えが》くようにして、下りてくる。

おりきは小腰《こごし》を屈《かが》めた。

幾千代の顔に、ふっと戸惑いのようなものが過ぎった。

が、幾千代はそのまま下りてくると、擦れ違いざま、ひょいとおりきを見やった。

「亀蔵親分から聞いたが、おたかのことでは、おまえを見直したよ」

幾千代は耳許で囁いた。

幾千代の顔が微笑んでいる。
世辞《せじ》笑《わら》いでもなければ、薄笑《うすわら》いでもない。
それは、おりきが初めて目にした、心が洗われるような、幾千代の微笑みだった。

明日くる客

立場《たてば》茶屋おりきは朝から怱忙《そうぼう》をきわめていた。

今宵《こよい》は七月の二十六夜《にいずよい》である。

ところが、なんともせっかちなことに、夜も更《ふ》けないと月は出ないというのに、茶店の開く五ツ（午前八時）には、見世《みせ》の前には、もう六夜待《ろくやまち》の客が列をなしていた。

夜明けを待たずして江戸を出立《しゅったつ》した客が、食いそびれた朝餉《あさげ》を茶店で摂《と》ろうというのである。

「相《あい》や済みません。本日は、皆さまに合席《あいせき》で勘弁していただいております」

「申し訳ございません。今の時間帯は朝餉膳《あさげぜん》のみで、お中酒《ちゅうしゅ》もご遠慮していただいていますので……」

「へっ、どぶ酒でございますか？　昼餉《ひるげ》以降はご用意させていただきやす」

手取者《てとりもの》のおよねや茶屋番頭の甚助《じんすけ》が、じりじり舞いしながら大広間を駆《か》けずり回り、物ぐねりな客に頭を下げている。

そんな倉卒《そうそつ》が、もう一刻《いっとき》（二時間）ばかりも続いていた。

「全く、席の暖まる暇《ひま》がねえとはこのことよ。まっ、四半刻《しはんとき》（三十分）もすりゃ、朝餉はひと段落でしょうが、寸暇《すんか》を惜《お》しむ間もなく、すぐに昼餉の客だ。おっ、おまき、そいつァ一番奥の、ほれ、十徳《じっとく》を着たお年寄りだ。皆、気が苛《いら》ってんだ。順番《じゅんべえ》を間違えてどうするよ！」

入り側《がわ》近くの客に膳を運ぼうとしたおまきに、甚助の罵声《ばせい》が飛んでくる。

朝餉膳は白飯《しろめし》に浅蜊《あさり》の味噌汁《みそしる》、納豆《なっとう》、目刺《めざし》、お新香《しんこ》と、まことに簡素であり、皆同じものであった。

手慣れたおよねならば、接客しながらも、新しく入ってきた客の坐《すわ》る場所や特徴などを、瞬時に頭に叩《たた》き込むのであろうが、おまきにおよねと同じ気扱《きあつかい》を望むのは無理であった。

おまきは立場茶屋おりきに来てまだ半月なのである。

「済んません……」

おまきは一瞬べそをかきそうになったが、すぐに、きっと顎《あご》を上げると、奥に向かって歩いていった。

「どうやら、おまきは良い茶立女《ちゃたておんな》になりそうだな」

いつの間に来たのか、大番頭の達吉《たつきち》が立っていた。

「ああ、そう願いたいもんよ。確かに気は強《つえ》え。何しろ、おたかの抜けた穴は大きくてね。半端《はんぱ》な女《おな》ごでは務まらねえ。ところで、大番頭さん、何かご用で？」

甚助が何か腹に一物《いちもつ》でも抱《かか》えているのか、不安げに達吉を見る。

「いや、女将《おかみ》がな、旅籠《はたご》の朝餉は粗方《あらかた》片がついた。中食《ちゅうじき》に向けて、旅籠の女中を何人か廻《まわ》そうかと言っていなさるが……」

「おう、そいつァ、有難《ありがて》え。そうしてもらえると、順に、女たちに中食を摂らせることが出来る。ついでと言っちゃなんだが、板場《いたば》のほうにも旅籠の追廻《おいまわし》を貸しちゃもらえねえだろうか。なんせ、中食以降は朝餉膳のようにゃいかねえ。刺身《さしみ》や酒の肴《さかな》も出さなくちゃなんねえし、穴子《あなご》飯《めし》や蕎麦《そば》や饂飩《うどん》もある」

「雇人《やといびと》はどうした？　毎年、月見にゃ雇人を頼んでいたのじゃねえのか」

「へえ……。それが、大かぶりでやして。あっしが自《みずか》ら口入屋《くちいれや》に脚《あし》を運べば良かったんだ。それを、つい、又市《またいち》の糟野郎《かすやろう》に頼んだばかりに、あの雲穴《うんけつ》、月見と言ャ、八月の十五日と九月の十三夜《じゅうさんや》でやしょ？　確かに頼んでおきやした、とけろりとした顔で抜かしやがる。まっ、あいつが南（品川）に来たのはこの春からだ。七月と正月に二十六夜があるたァ知らなかったと言われりゃ、そんな藤四郎《とうしろう》に大事な用を頼んだこのおいらが悪い。慌てて口入屋に走ったところが、既《すで》に手遅れでね。板場の雇人は一人として残っちゃいなかった」

「ほう……。そいつァ拙《まず》いぜ。そりゃな、旅籠のほうは中食を出さねえ。夕膳《ゆうぜん》の仕込みまで暇と言えば暇なんだがよ。巳之吉《みのきち》が果たして、自分の手下《てか》を茶屋の助っ人《と》として出すだろうか……」

達吉は吝《しわ》い顔をした。

旅籠の板頭《いたがしら》巳之吉と茶屋板頭の弥次郎《やじろう》とは、反《そ》りが合わない。

何かにつけて、敵対心を剝《む》き出しにするのである。

完璧主義《かんぺきしゅぎ》の巳之吉には、どことなく粗雑な茶屋の風味《ふうみ》合《あい》や盛りつけが気に入らないのだろうし、弥次郎にはそんな巳之吉が、気取っているとしか見えないようである。

今回の件も、恐らく巳之吉ならば、茶屋番頭というより、板場を預かる弥次郎に責任を被《かぶ》せてくるに違いない。

やはり、ここは女将さんに出てもらうより方法があるまい……。

口惜《くちお》しいことであるが、巳之吉ばかりは達吉の手に負《お》えなかった。

親子ほど歳《とし》の違う巳之吉に、文句のひとつ言えないのである。

あるとき、海老《えび》のつくねを漆塗《うるしぬ》りの御器《ごき》に盛りつけた巳之吉に、達吉が伊万里《いまり》のほうが似合《にあ》うのじゃねえか、と差出《さしで》したことがある。

巳之吉は片頰《かたほお》を歪《ゆが》め、身も凍《こお》るような酷薄《こくはく》な目を達吉にくれると、黙って、御器の蓋《ふた》を開けた。

梅の花を形取《かたちど》った薄桃色《うすももいろ》の海老団子《だんご》……。

青々とした蕗《ふき》の含《ふく》め煮《に》と木の芽が配《あしら》われ、黒漆の器《うつわ》の中で、冴《さ》え冴えと際立《きわだ》っている。

海老団子の上には、下地《したじ》で薄味をつけ、片栗《かたくり》でとろみをつけた餡《あん》がかかっているのだろうが、黒地の器ならば、出汁餡《だしあん》の色は映らない。

黒地に薄桃色と緑の色だけが、色鮮《いろあざ》やかに映《は》えているのだった。

伊万里の御器では、こうはいかなかったであろう。

達吉は息を吞《の》み、脱帽《だつぼう》した。

以来、板場のことには口を出さないようにしてきたのである。

巳之吉には京で修業したという自負心があるのだろう。板場のことには誰にも口を挟ませなかった。

が、女将のおりきだけは違った。

他人の言葉に耳を貸そうとしない高慢な巳之吉が、おりきの助言や依頼には、素直《すなお》に従うのである。

おりきの何が巳之吉を素直な心にさせるのか、達吉にも分からない。

ただ、巳之吉のおりきを見る目に、主《あるじ》と使用人という間柄《あいだがら》を越えた、敬慕《けいぼ》のようなものが秘められていることを、達吉はふと感じるのだった。

「解《わか》った。なんとかしよう」

達吉はそう答えた。

朝餉を終え席を立つ者もいれば、誰が勘定《かんじょう》を払うかと口叩《くちたた》きする連中もいる。

中には、とっくの昔にひと粒《つぶ》の飯も残さずに平《たい》らげたというのに、すっかり御輿《みこし》の坐ってしまった者もいて、大広間は今も竿《さお》の先へ鈴をつけたように、喧《かまびす》しい。

「朝餉膳、山留《やまどめ》！」

板場の奥から雷声《かみなりごえ》が飛んでくる。

だが、牛の涎《よだれ》のように、引きも切らずに客はやってきた。

「相済みません。朝餉膳は山留でして」

およねが小腰《こごし》を屈《かが》めて、詫《わ》びを言う。

「山留？　売り切れか。なら、じきに昼だ。昼飯《ひるめし》を貰《もら》おうか」

伊達《だて》浴衣《ゆかた》に両脇《りょうわき》に綺麗《きれい》どころを連れた、商家の若旦那《わかだんな》ふうの男が入ってくる。

「申し訳ございません。中食は四ッ半（午前十一時）からでございます……」

「おやっかな！　空腹《からはら》抱えて、この糞《くそ》暑い道端《みちばた》に追い出そうって魂胆《こんたん》かえ！」

男が声山《こえやま》をたてる。

芸者ふうの女が、絹を裂《さ》くような白声《しらごえ》で笑う。

「お客さま、手前どもが何か失礼でも……」

甚助が擦《す》り手で、愛想《あいそ》笑《わら》いを作り、寄っていく。

「手前《てめえ》の見世は、この蒸《む》し返る往来《おうらい》で、客を半刻《はんとき》（一時間）も待たせようって了見《りょうけん》かえ！」

「滅相《めっそう》もございません。どうでございましょう。座敷にお上がりになって、中食の仕《し》度《たく》が出来るまでお待ちになっては……」

男は鼻先でふんと嗤《わら》った。

「朝餉が皆《みな》になったんじゃ、しょうがねえわな。まっ、茶腹《ちゃばら》のいっときだ。上がらせてもらうぜ」

どうやら、男はかなりづぶ六になっているようである。

千鳥足に、女たちに支《ささ》えられるようにして、座敷に上がっていく。

「つなもねえぜ。曰《のたまわ》っちまってよ」

達吉がちっと舌を打つ。

「六夜客《ろくやきゃく》でしょうかね」

甚助も顔を顰《しか》めた。

「さあてね。本宿《ほんじゅく》の居続《いつづけ》かもしれねえが、どっちにしたって、二十六夜待《にじゅうろくやまち》を口実《こうじつ》にしたんだろうて。まっ、こちとらにゃ有難《ありがて》え話だ。朝っぱらから月待《つきまち》に出てくる者もいるかと思えば、二日も三日も前に、ああして、月待を口実に居続ける客もいる」

「お陰で、立場茶屋おりきも大繁盛《だいはんじょう》だ。では、大番頭さん、板場の助っ人の件、頼みやしたよ」


巳之吉はおりきに諭《さと》され、渋々《しぶしぶ》ながらも、追廻の杢助《もくすけ》と焼方《やきかた》の連次《れんじ》を茶屋の助っ人に出してくれた。

が、気が進まなかったのは言うまでもない。巳之吉は不快感も露《あら》わに、ひと言、板場を無礼《なめ》るんじゃねえ、と呟《つぶや》いた。

「そんなことを言うもんじゃねえ。旅籠とて、茶屋に助《す》けてもらうことがあるんだ。先《せん》に、鯛《たい》を駄目《だめ》にしたとき、茶屋の穴子に助けられたのを忘れてねえだろうな」

大番頭の達吉の言葉にも、巳之吉はちらと白い目を返しただけであったが、

「茶屋があっての旅籠、旅籠あっての茶屋です。立場茶屋おりきは一体ということを忘れないで下さいね。わたくしは茶屋の女将でもあります。どうだろう、わたくしを助けると思っちゃくれないだろうか」

というおりきの言葉に、目から鱗《うろこ》が落ちたように、へい、と頷《うなず》いた。

結局、旅籠から女中のおきわとおみの、杢助、連次の四人が助っ人に出て、今、昼下がりの旅籠はしんと静まり返っている。

旅籠は今宵も予約で全室埋まっているが、いずれも月待の常連客ばかりで、茶屋の客のように、宵の口から騒ぎ立てることはしなかった。

早い客で七ッ（午後四時）、大概《たいがい》が六ッ（午後六時）近くに到着し、ゆっくりと時をかけて巳之吉の料理を味わい、湯浴みしたあと、宿の用意した宿駕籠《やどかご》に揺られ、ぐるりと月の岬《みさき》をひと回りしてくるのだった。

が、それも客の三割方で、大抵の者は月見酒を飲みながら、くつろいだ姿で、窓の月を愉《たの》しむのだった。

彼らは殆《ほとん》どが江戸の商人《あきんど》で、月待を口実にして、巳之吉の料理を愉しみにくる。

そんなところは六夜客となんら変哲《へんてつ》がないように思えるが、六夜客が月待を口実に品川遊里《ゆうり》に逗留《とうりゅう》するのに比べ、立場茶屋おりきの客は色事《いろごと》を好まず、純粋に、月見の風情《ふぜい》を愉しむのだった。

「やけに静かでございますねえ。今頃、茶屋のほうはてんてこ舞いだというのに、あたしだけ安気《あんき》にさせてもらっちゃ悪いみたいだ」

　客室の点検を終えて戻ってきた女中頭《じょちゅうがしら》のおうめに、一服したらどうかえ、と茶を勧めると、おうめは帳場に入ってくるなり、くすりと肩を竦《すく》めた。

「安気にしていられるのも、今のうちだけですよ。七ツ半から今度はこちらが戦場《いくさば》だ」

　おりきは到来物《とうらいもの》の越の雪を小菊紙《こぎくし》に取り分け、お食べ、と差し出した。

「まっ、なんて品《ひん》の良い菓子なんだろう。食べるのが勿体《もったい》ないようですね」

　おうめが目をくりくりと動かす。

「食べるのが勿体ない菓子なんてありませんよ。食べるために菓子はあるのですもの。さっ、遠慮しないで」

　越の雪は越後《えちご》の干菓子である。

　越後の造酒屋越之屋源平衛《つくりざかやこしのやげんべえ》の土産《みやげ》であったが、日持ちがするので、病床《びょうしょう》にあるおたかに持っていくつもりであった。

　だが、二つや三つ、おうめに分け与えたところで、一向に構わない。

　おうめは干菓子を口に運び、ウッと胸を詰まらせた。

「どうしたえ?」

　おりきが驚いて覗《のぞ》き込むと、

「うんめんめえ……。だって、泣きたくなるほど、甘くて……」

　とおうめは幼児言葉丸出しに、目を細めた。

ところがこの頃、茶屋のほうでは、ひと騒動《そうどう》起きていたのである。

八ツ（午後二時）を過ぎても、大広間はごった返していた。

朝餉と違って、中食は客の注文もまちまちであれば、酒を飲む客もいる。

当然、長っ尻《ちり》の客もいるし、棒鱈《ぼうだら》（大酒飲み）もいた。

へべれけになったとっちり者（泥酔者《でいすいもの》）が、茶立女を相手にちょっくら返してみたり、これ見よがしに臀《しり》を触ってみたり、そのたびに、広間のあちこちから黄色い声が上がった。

こんな場合、客あしらいに長《た》けたおよねであれば、何を言われても柳に風と受け流すか、臀に伸びてきたとっちり者の手を、ばちんとひと叩きするくらいのことはやってのけるが、新参者《しんざんもの》のおまきにはそういうわけにはいかなかった。

だが、おまきは目を三角にしながらも、懸命に堪《こら》えていた。

今も、酩酊《めいてい》した人足《にんそく》ふうの男から這々《ほうほう》の体《てい》で逃げてきたおまきが、

「五番長飯台《ながはんだい》、刺身《さしみ》盛《もり》一丁、冷奴《やっこ》三丁、お銚子《ちょうし》三本！」

とよく澄んだ声で注文を通すと、帳場の陰に身を隠すようにして、前垂《まえだ》れでちょいと両目を拭《ぬぐ》った。

「おやおや、そんなんで泣いてちゃ、茶立女は務まらないよ！」

およねの渋声《しぶごえ》が飛んでくる。

古参《こさん》のおよねは茶屋の女中頭的な存在であり、ほかに五人いる茶立女たちも一目《いちもく》置いていた。

歳は四十半《なか》ばだが、切れ離れのよい涼やかな性格をしている。

ぽんぽんと言うわりには、あとを引かない。そのうえ、後輩たちの面倒見がよいとなれば、信頼されても不思議《ふしぎ》はなかった。

おまきは慌てて目から前垂れを外すと、きっと顎を上げ、配膳台《はいぜんだい》へと寄っていった。

配膳台の上には、蛸酢《たこす》と豆腐田楽《とうふでんがく》が載《の》っている。

たった今、おまきの臀にちょっかいを出した小揚《こあ》げ人夫の注文したものである。

「七番だろ？　いいからさ、あたしが持って行ってやるよ」

およねはひょいと白分の盆に蛸酢と田楽の皿を載せると、処置ぶりも鮮やかに、人溜《ひとだま》りを掻《か》き分け、泳ぐように広間を渡っていった。

一瞬、帳場廻り、入り側はおまき一人になった。

そこに虚無僧《こむそう》が入ってきた。

おまきはさっと広間を見渡した。

人込みを想定して、広間の衝立《ついたて》は悉《ことごと》く取り外《はず》してある。

空席のないことは一目瞭然《いちもくりょうぜん》であった。

「申し訳ございません。ただ今、満席にございます」

おまきは恐縮したように辞儀《じぎ》をした。

「いや、わしはそこで構わぬ」

虚無僧が天蓋《てんがい》を心持ち翳《かざ》し、帳場脇の席を指差した。

帳場にも板場にも、一番近い飯台である。

掛け向かいに坐る二人用の小さな飯台であるが、ここに客が坐ったことはなく、飯台の上には大の男がひと抱えするほどの信楽《しがらき》の壺《つぼ》が置かれ、常に、折々の花が活《い》けてあった。

今は、檜扇文目《ひおうぎあやめ》と空木《うつぎ》が無造作《むぞうさ》に投げ込まれているが、尺《しゃく》のある文目の紫と、根付《ねつ》けの空木の白さが、人いきれに噎《む》せ返りそうな茶屋の中で、一陣《いちじん》の爽《さわ》やかさを醸《かも》し出しているのだった。

だが、言われてみれば、この壺を板間《いたま》に下ろせば、あと二人は坐れるのである。

おまきはさっと四囲《しい》に視線を配ったが、番頭の姿は見えず、およねもほかの茶立女も、座敷の奥に上がっている。

「解りました。今、壺を下ろしますので……」

おまきはそう言うと、壺に手をかけた。

随分《ずいぶん》と重い手応《てごた》えである。

だが、なんとか一人で下に下ろせそうであった。

おまきは気合いを入れるようにして、壺を持ち上げた。

そのときである。

「何やってるんだよ！」

およねの甲張《かんば》った声が、おまきの背を射抜《いぬ》いた。

おまきは挙措《きょそ》を失い、そっと壺を戻した。

「ふん、洒落《しゃれ》かけたつもりだろうが、とんだ差出《さしで》者《もの》だ。いいかえ、この席はね、おりきが出来たときからの空《あ》かずの席、いいんや、予約席なんだよ！」

「予約席……」

おまきは目を白黒させた。

およねが何を言おうとしているのか、理解できないのである。

「お客さま、そんな理由《わけ》でございます。申し訳ございませんが、もう暫《しばら》くお待ち下さいませ」

およねが下膨《しもぶく》れした顔に、世辞《せじ》笑《わら》いを浮かべ、ぺこりと頭を下げる。

「俺は蕎麦を一杯食うだけだ。さして時間はかからぬ。予約席であろうと、ちょいとその壺を下ろせば済むことだろうが」

虚無僧は明らかに不服のようである。

「相済みません。それが出来ないものでして……」

およねが啄木鳥《きつつき》か飛蝗《ばった》にでもなったかのように、擦り手をしながら何度も何度も腰を屈める。

「おっ、旦那。今、そこが空くからよ」

入り側に坐った担《にな》い売りが気を利かせ、席を立った。

「相済みません。申し訳ございません」

およねが板場に向かって、番頭さんを呼んどくれ、と声をかけ、腰を屈めたまま、担い売りの立った席へと、摺《す》り足に寄っていく。

「おまき、何をぼんやりしてるんだよ！　さっさと膳を片づけて、お客さまの席を作るんだよ」

およねに鳴り立てられ、おまきはハッと我に返った。

ところが、およねの業腹《ごうはら》はこれで収まらなかったのである。

およねは広間の配膳がひと段落すると、板場脇におまきを引き込み、責め立てた。

「おまえね、思い上がるんじゃないよ。利口《りこう》ぶって機転《きてん》を利かしたつもりだろうが、どこの家にも決まりはある。なぜ、行動に移す前に、あたしか番頭さんにひと言相談しようとしない？　鼻もと思案《しあん》たァ、このことだ。少しばかり女将さんに気に入られてるからって、つけ上がるんじゃないよ！」

およねは火面《ひづら》を張って、言い立てた。

「あたし……、あたし……、何も知らなかったもんだから……」

おまきは差し俯《うつむ》き、身を硬くしたまま顫《ふる》え続けた。

「ふん、知らなきゃ、訊《き》けってんだよ！　何さ、おまえの分際《ぶんざい》で、生利《なまぎき》なんぞ、十年早いってんだ。こびたことをするんじゃないよ！」

およねのどす声を聞きつけ、甚助が板場のほうから息せき切って駆けてくる。

「これ、およね、いい加減にしな。もういいじゃないか。一遍《いっぺん》言えば、おまきだって解るってもんだ。おめえの大声は板場まで筒抜《つつぬ》けだ。さっきから聞いてりゃ、おめえのは小言《こごと》八百《はっぴゃく》に利《り》を食うってもんよ。それじゃ、苛《いじ》めと変わりゃしねえだろうが！」

甚助は目まじして、およねを制した。

「けどさァ、あたしゃ何が悔しいって、あの席を弄《いじ》られることほど悔しいことはないんだよ。しかもさァ、昨日今日来たばかりの小娘に……」

およねが口惜しそうに、唇をひん曲げ、両手で前垂れを揉《も》みしごく。

「そりゃそうだ。およねが怒るのは道理だな。なっ、おまさよ、おめえにこの茶屋のことを何もかも解れというのは、無理なこった。だがよ、解らないことは、この俺かおよねに訊け。問うに答えの闇《やみ》あらずというじゃねえか。なっ、およね、それで胸を押さえてくれないか。この糞忙《くそいそが》しいときに、これ以上、しょうもねえことで揉めねえでくれよな」

「解ったよ！」

およねはそれで胸晴《むねはらし》でも済んだのか、ふふっと照れたような笑いを浮かべ、見世のほうに戻っていった。

ところが、胸晴できなかったのは、おまきだった。

おまきは茶屋の二階に駆け上がると、住み込み部屋の納戸《なんど》に、立て籠《こ》もってしまったのである。

おまきが納戸から出てきたのは、茶屋の客が退《ひ》けたあと、茶立女や板前たちが片づけを終え、二階に上がってきたときだった。

茶屋の二階は使用人の住み込み部屋となっている。

通いの使用人は別として、ここには茶屋だけでなく、旅籠の使用人も寝泊まりし、現在《いま》、おまきの寝部屋《ねべや》にもなっているのだった。

従って、おまきがいつまでも納戸に籠もっていたのでは、使用人たちの蒲団《ふとん》が出せない。

おまきは観念したように、出てきたのだった。

番頭の甚助から知らせを受け、おりきは暇を見つけては、茶屋の二階へと脚を運んだ。

「大人《おとな》げないことをするもんじゃないよ。出ておいで。出て、きちんと言いたいことを言いなさい。そんなふうに籠もっていても、なんにも解決にはならないでしょうが」

おりきは再三再四声をかけた。

だが、おまきは泣きじゃくるばかりで、おりきの言葉に耳を貸そうとしなかった。

おりきにしてみても、今宵は二十六夜である。七ツ半頃から宿泊客が次々に到着し、おまきばかりに構ってもいられなかった。

旅籠と茶屋の二階を何度か往復したのだが、月待客への挨拶《あいさつ》やら、板場の指示に忙殺され、決して、おまきのことが念頭から離れたわけではなかったが、そうそう、おまきばかりにかまけていられなかったのである。

「あたしがしくじりをしたのなら、どんなに叱《しか》られても構いません。でも、理が聞こえてこないのです。およねさんがなんであんなに怒るのか、どうしても解らない。予約席たって、あたしがここに来て半月になるけど、あの席に人が坐っているのを見たことがありません。いつも綺麗な花の入った壺が置いてあるので、てっきり、花台《かだい》の代わりに使っているのだと思っていました。だったら、日頃ならともかく、今日みたいに立て込む日には、壺を退《ど》けて、客を坐らせてもいいと思ったのです。なら、なぜ、訊かないのかとおよねさんに叱られました。けれども、あのとき、およねさんも番頭さんも近くにいなかった。あたし、咄嗟《とっさ》の判断で、壺を動かそうとしたのです。およねさんには知面《しりづら》をするんじゃない、生利とも言われました。あたし、そんなつもりじゃなかった。だのに、一方的に責め立てて……。あたしだって言いたい。およねさんが前もって言ってくれてれば良かったんだ。この席には、絶対に誰も坐らせちゃならないよって……」

　おまきは広間の上がり框《かまち》に腰をかけ、ぽつぽつと、言葉を選ぶようにして、話し始めた。

昼間の喧噪《けんそう》が嘘《うそ》のようである。

八間行灯《はっけんあんどん》の灯《ひ》を落とし、しんと静まり返った広間である。

おりきの手にした手燭《てしょく》の灯を受け、おまきの白い頬で、ちらちらと影のようなものが揺れている。

　今は、涙の跡も見えない。

　なんて気丈《きじょう》な娘だろうか……。

　おりきは改めておまきを見直した。

五年もの間、父親の借金の形《かた》に、生爪親父《なまづめおやじ》のおさすりを強《し》いられ、心底《しんてい》づくだった男には金を奪われ、捨てられた女である。

だが、一度は命を捨てようとしたおまきが、おりきの都合した金を働いて返そうと、毅《き》然《ぜん》と顎を上げて生きようとしているのである。

そんなおまきには、およねの言葉は理不尽に思えたのであろう。

その想《おも》いは、おりきには痛いほどに理解できた。

八年前、おりきが先代《せんだい》に拾われ、初めて立場茶屋おりきに脚を踏み入れたとき、帳場脇の飯台には、既に、信楽の壺が置かれていた。

確か、あのときは、白木蓮《はくもくれん》が挿《さ》してあったように思う。

芳香《ほうこう》を放《はな》ち、萼片《がくへん》と花弁《はなびら》が枝の上向きに開き、それはまるで天女の舞を見るようであった。

以来、壺には花が絶えたことがない。

先代が息災《そくさい》なときには先代自らの手で活け、現在《いま》は、おりきが引き継ぎ活けているのだった。

だが、初めての二十六夜を迎えたときだろうか、あの日も、茶屋は盆と正月が一緒にきたような忙しさだった。

五ツに見世を開け、五ツ半（午後九時）になるまで、広間は人で埋まり、空席の出来たことは一度もなかった。

入りきれずに立ち去る者、急拵《きゅうごしら》えに見世の外に作った縁台《えんだい》で待つ者……。

それでも、帳場脇の飯台には、信楽の壺が置かれていた。

当時、おゆきと名乗っていたおりきは、見るに見かねて、先代にそっと耳打ちした。

「壺を下に下ろせば、あと二人は坐れますけど……」

だが、先代はきっとおりきに鋭い視線を投げつけた。

「余計な世話だ。差出するのは止《や》めとくれ！」

取りつく島がないとはあのようなことをいうのだろう。

先代はそれ以上言わせないぞとばかりに、目角《めかど》を立てて、奥に引っ込んでいった。

あとで大番頭の達吉から聞いたことなのだが、立場茶屋おりきが品川宿門前町に見世を出した二十年前から、帳場脇の飯台には、信楽の壺が載っているというのである。

達吉はどうやらそのあたりの事情を知っているように思えるのだが、尋ねるたびに、何か言い差しては、いや、やっぱ止めとこう、と口を閉じるのだった。

およねがこの見世に来たのはおりきより古く、十五年ほど前になるが、およねには理由《わけ》も糸瓜《へちま》もいらなかった。

「女将さんが誰も坐らせちゃならないと言いなさるんだもん」

それで一向に不思議はないといった顔をしているのである。

以来、おりきも壺のことには触れないようにしてきたが、慣れとは不思議なものである。

いつしか、おりき自身も帳場脇の飯台には信楽の壺が置いてあり、壺には四季折々の花が活けてあるのが当然、と思うようになったのである。

だが、おまきが疑心《ぎしん》に思うのが、真っ当《とう》といえば真っ当である。

「悪いことをしちゃったねえ。わたくしがひと言忠告しておけば良かったんだね。ご免《めん》よ。さっ、気を取り直して、明日から、また元気に働いておくれ。およねは竹を割った気っ風《ぷ》だからね。ぽんぽん言うわりには、あとがない。誰も今日のことなんて、忙しくて、気にかけちゃいませんよ。それより、お腹が空《す》いたのではありませんか。旅籠の帳場に、握り飯を用意しておきましたから、さっ、食べておいで」

おまきにそんな話をしていると、月の岬まで月見待に出ていた客が帰ってきたようである。

潜《くぐ》り戸の前で止まった宿駕籠の気配に、おりきは立ち上がると、帯に挟んだ酒手《さかて》をすっと抜き取り、

「お帰りなさいまし」

と張りのある声を上げ、潜り戸に向けて、歩いていった。


あれから半月近くになる。

おまきは翌日から何事もなかったかのような顔をして見世に立ち、気性《きしょう》の涼やかなおよ

ねも言うべきことを言い、分《わか》ちがついたとでも思うのか、相も変わらず、姐《あね》ご肌に皆を引っ張っている。

朝餉膳でじりじり舞いするときなど、まだ慣れないおまさが懸盤《かけばん》を三重《みつがさ》ねして運ぼうとすると、およねがひょいと上段の懸盤を自分の重ねの上に置いて、無理するんじゃないよ、と目配《めくば》せし、仕為振《しなせぶ》りに四段重《よんだんがさ》ねを運んでいくのだった。

「どうやら案じることはなかったようですね」

おりきは大番頭の達吉に茶を淹《い》れてやると、越の雪を三粒、小菊紙の上に取り分けた。

日持ちのする菓子とはいえ、こうして使用人たちに分け与えていたのでは、肝心《かんじん》のおたかの口に入る量が少なくなる。

「番頭さん、午後から猟師町《りょうしまち》に行ってみようと思うのだけど……」

「へえ、それがようがすな。このところ、御用繁多《ごようはんた》で、あっしも気にかかっていやした」

「二十六夜は終わったけれども、すぐに十五夜です。今のうちに顔を見せておかなければ、またいつになるか分かりませんからね」

「三吉《さんきち》には毎日猟師町に顔を出すように言ってあります。何事かあれば、三吉が知らせてくれるでしょうが、善助《ぜんすけ》も何も言わないところをみると、おたかの按配《あんばい》もいいのでしょう」

三吉はおたかの弟である。

胸を病んだおたかを猟師町の長屋に住まわせ、三吉と双子《ふたご》に当たるおきちを、おたかの介護につけていた。

息災なときのおたかも我勢者《がせいもの》であったが、この双子の弟妹《きょうだい》も、実によく働いた。

三吉は現在《いま》下足番《げそくばん》の善助の下《もと》で下働きをさせているが、五十路《いそじ》を過ぎて些《いささ》か霜《しも》げてきた善助に代わり、薪割《まきわ》り、水汲《みずく》み、庭掃除、使いっ走《ぱし》りと、十歳とは思えない働きぶりを見せているのだった。

「親が堕《だ》らしねえと、子がしっかりするもんなんでしょうかね。三吉はとんだ拾いものでしたよ」

達吉が干菓子を口に運び、旨《うめ》え、と相好《そうごう》を崩す。

「おきちも気の利く、良い娘ですよ」

「おたかの病が癒《い》えて、おたか、おきち、三吉の姉弟《きょうだい》が、立場茶屋おりきで共に働く日が来ると宜《よろ》しゅうございますなあ」

「来ますとも……。きっと、そんな日が来るに決まっていますよ」

おりきはそう答えたが、ふと、うそ寂《さみ》しそうな笑いを見せた。

おたかが日《ひ》毎《ごと》に衰弱していくのは、誰の目にも明らかであった。

大森海岸にいた頃に比べれば、滋養《じよう》の点でも環境の面でも申し分なく、本道《ほんどう》の内藤素庵《そあん》の治療も受けているのであるが、何しろ、気づくのが遅かった。

「かなり以前から悪かったのだろうて。だが、それでもまだ、海に潜《もぐ》っていたのだって？　無茶なことを！」

素庵は暗《あん》に手遅れだと仄《ほの》めかした。

おりきはおたかの体調の変化に気づいてやれなかったことを、悔やんでいた。

上に立つ者は、使用人の体調から心の中まで、常に気を配り、束《たば》ねていかなければならないのである。

先代なら、こんな場合、どうしたであろうか……。

おりきの胸で、もやもやと蟠《わだかま》っていたものが、紙風船のように膨れ上がり、ぱちんと音をたてて弾《はじ》けた。

「帳場脇の飯台にある信楽の壺のことなのですがね、先日おまきに指摘され、わたくしも改めて妙《みょう》だと疑心を抱《いだ》きました。あの壺はなぜあそこに置いてあるのでしょう。何ゆえ、帳場脇の飯台に客を坐らせてはならないのですか？」

おりきの唐突《とうとつ》な問いに、達吉は目をまじくりさせた。

「へっ、ですから、あそこは予約席でやして……」

「予約席？　誰が予約をしているのですか？　わたくしがここに来て八年になりますが、未《いま》だ嘗《かっ》て、あの席に人が坐ったのを見たことがありませんよ」

「へい……。ですが、先代がそうお決めになられたことでやして……」

「先代がお決めになられたことは知っています。わたくしが訊きたいのは、理由です。理由があるからこそ、あそこは予約席として、誰も坐らせないように壺が置いてあるのでしょう？　わたくし、先にも、番頭さんに同じ質問をしたことがあります。でも、いつも、はぐらかされてばかり……。そのうち、わたくし自身もあそこには壺があるのが当然と思うようになってしまいました。でもね、現在はわたくしが立場茶屋おりきの女将です。女将が見世のことを知らないでは務まりません。大番頭さん、おまえは何か知っている……。わたくしはそう睨《にら》んでいますよ」

「………」

達吉は腰に挟んだ手拭いを抜き取り、汗の浮いた月代《さかやき》を拭った。

「先代の毎月の海蔵寺詣《まい》り。それに関係しているのですね？」

達吉は、へい、と肩を落とした。

「先代が亡くなられた時点で、過去のことは何もかも、先代の亡骸《なきがら》と共に妙国寺《みょうこくじ》に葬《ほうむ》り去ろうと思いやした。そのほうが、跡をお継ぎになった雪乃《ゆきの》さん、あんたのためだと思ったのですよ。先代はあんたを見込んで、跡を託《たく》された。雪乃さん、立派な女将になられましたなァ。先代の目に狂いはなかった。正直に言って、あっしは武家の出のあんたが、ここまで市井《しせい》の人間になりきって、しかも、男と対等に肩を並べて、女将を張っていけるとは思っていなかった。あっしはね、何も肩肘《かたひじ》を張って、先代の瓜割四郎《うりわりしろう》になることはないと思ったのでやすよ。あんたはあんたの色で女将のおりきを務めればいい……。そんなふうに思ってやした。ところが、あんたはいつの間にか、先代の敷いた道を歩いていなすった。いいんや、寧《むし》ろ、先代より大束《おおたば》な女将になりなすったかもしれねえ。だからね、あんたが先代のなさった海蔵寺詣りを欠かさないのも、あっしは何も言わずに見守ってきた。あっ、失礼しやした。女将さんのことをあんただなんて呼んじまって……」

「何を言っているのよ。いいに決まってるでしょうが」

「へい。何もかもお話ししやしょう」

　達吉は伏し目がちだった目を、つと、上げた。

　達吉は立場茶屋おりきが鶴見《つるみ》村横町《よこまち》で小体《こてい》な茶屋を営んでいた頃から、先代のおりきの傍《そば》にいたという。

「先代は生麦村《なまむぎむら》の中庄屋《なかしょうや》白金屋《しろがねや》のご新造《しんぞう》さんでやした。庄屋の若旦那に見初《みそ》められたんですよ。当時、あっしは白金屋の小作人《こさくにん》でしたからね、同じ小作人の娘が庄屋の嫁に入ったというので、評判でやした。そら、おりきさんは熟《う》れかけた桃みてェに、瑞々《みずみず》しくってさ。十六歳だったからね。滅法界《めっぽうかい》、美印《びじるし》だった。若旦那が親の反対を押し切ってまで、嫁にしようとした気持が、あっしにもよく解りやした。若旦那は一人息子の随八百《ずいはっぴゃく》でしたからね。まっ、大旦那も不承不承《ふしょうぶしょう》許したってわけですが、姑《しゅうとめ》というのがこれがまた、胴欲《どうよく》な業突《ごうつ》く婆《ばばあ》で、小作人の嫁などとっけもない。万が稀《まれ》にも、嫁とは認めぬとばかりに、おりきさんを白金屋に入れてからも、お端女《はした》同様の扱いをしやしてね。畑仕事から家内仕事、婢《はしため》同様に働かせた挙句《あげく》、若旦那からは夜さり毎《ごと》、弄《いじ》くりまわされ、これじゃ飯盛女《めしもりおんな》のほうがどんなにかいいかという有様《ありさま》でした。おりきさんに子が出来たのは、翌年のことでした。男の子でやしたがね、おりきさん、俺たち小作人が見るに忍びないほどに窶《やつ》れちまって……。ところがよ、若旦那ってのが酷《ひで》ェ男だ。ぼってり者だったおりきさんが、所帯臭《しょたいくさ》く寝れちまったもんだから、女房にゃ愛想《あいそ》が尽きたとばかりに南（品川本宿）で女郎《じょろう》買いを始めたってわけよ。焦《あせ》ったのは姑だ。小作人上がりの女房に、そのうえ、女郎ときた日にゃ、白金屋の先行きが危《あや》ういと見たんだろうね。おりきさんは息子を取り上げられて、姑《しゅうとめ》去りされちまった。汚《きた》ねえ話よ。白金屋はよ、あちこちに手を回して、とびきり美人で出所《でしょ》の良い嫁を探しやしてね。つまり、家柄の良い家から後添《のちぞ》いを入れたってわけよ。するてェと、若旦那のへげたれが、新しい玩具《おもちゃ》でも手に入れたかのように、ぴたりと女郎買いを止めやしてね。白金屋はおりきに二度と若旦那にも息子にも近寄らないと退状《のきじょう》を書かせたうえで、鶴見村横町の茶屋を退代《のきしろ》として買い与えた。あっしはねえ、おりきさんが不憫《ふびん》で堪《たま》らなかった。世過《よす》ぎが立てばよかろうとばかりに、見世を買い与えただけで、放り出すなんて、そりゃ無茶だ。水商売《みずしょうべえ》なんて一遍としてやったことがねえんですぜ。茶立女や板前は雇《やと》えば済むが、誰か庇《かば》ってやる者がいなくちゃ、女主人《おんなあるじ》じゃ、旅雀《たびすずめ》やら渡世人《とせいにん》の相手は出来ゃしねえ。そこで、あっしが白金屋に区切りをつけ、久助《きゅうすけ》（下男）でいいから立場茶屋で雇っちゃくれないかと、おりきさんに申し出たわけでやして……。まっ、気づくと、いつの間にか、番頭みてェなことをやっていましたがね。先代とは横町の頃からのつき合いでしてね。四十年近くになりますか……」

達吉は遥《はる》か昔を偲《しの》ぶように、目を細め、長押《なげし》のほうを見やった。

立場茶屋おりきは地道《じみち》な商《あきな》いを続け、二年もすると、鶴見村でも評判の見世となっていた。

おりきもその頃になるとすっかり健康を取り戻し、白金屋に入った頃の弾《はず》むような若さやふくよかさこそなくなったものの、逆に、心に秘めた陰のようなものが前面に押し出され、それがおりきをひと際《きわ》神秘的に見せるのだった。

達吉は安堵《あんど》した。

水商売に向かないと思っていたおりきだが、なかなかどうして、おりきは芯《しん》にきりりとした強さを秘めていたのである。

喰抜《くらいぬ》けのぐだ咄《ばなし》や、がんさい者には毅然と勇《いさ》み肌に立ち向かい、渡世人やごろん坊にも、睨みを利かした。

小股《こまた》の切れ上がった女とは、まさに、おりきのことをいうのだろう。

「若い頃の先代は、ほっそりとしたすんがり華奢《きゃしゃ》。そう、どこか幾千代《いくちよ》姐《ねえ》さんの面影《おもかげ》と重なりやす。婀娜《あだ》で、鉄火《てっか》なところなんかもそっくりだ」

達吉はでれりと目尻《めじり》を下《さ》げた。

「大番頭さんは女将さんを好いていなすったのだね」

おりきがそう言うと、達吉は慌てた。

「ちょうらかさねえで下さいよ。お月さまに石打《いしう》ち。あっしが女将さんに惚《ほ》れるなんたァ、身の程知らずもいいところだ」

だが、顔は正直である。

達吉の日焼けした頰が、見る見るうちに、照柿色《てりがきいろ》に染まっていく。

「女将さんには好いた方がいらっしたんでね」

達吉はそう言うと、蕗味噌《ふきみそ》を嘗《な》めたような顔をして、つと視線を落とした。

立場茶屋おりきが鶴見村横町で十三年目を迎えた頃である。

当時、茶屋では湯茶《ゆちゃ》や酒のほかに、団子や田楽、饂飩といった手軽な食べ物を供していたのだが、三年目に入った頃より、一膳飯《いちぜんめし》や簡単な酒の肴も出すようになっていた。

ところが、どうにも板場職人の尻が落ち着かない。

ろくな仕事をしないわりに、他からちょいと甘《うま》い話があると、すぐに辞《や》めてしまうのである。

見かねて達吉が板場に入ってみたものの、達吉は手先が不器《ぶき》なうえ、味音痴《あじおんち》ときた。

どうしたものかと思案投げ首倦《あぐ》ねているところに、兆治《ちょうじ》という流れ板前がやって来た。

歳はおりきより二歳年下だが、聞くと、築地水月楼《つきじすいげつろう》で包丁を握っていたという。

水月楼といえば、おりきも耳にしたことのある料理屋である。

そんなところにいた板前が、何ゆえ、江戸を離れたのであろうか……。

だが、兆治の包丁捌き《ほうちょうさば》きに、おりきは目を瞠《みは》った。

これぞ、本物の板前……。

兆治は理由《わけ》あって江戸を離れたとしか言わなかったが、立場茶屋おりきを料理茶屋にまで高めたいと思っていたおりきには、願ってもない話だった。

「大した給金《きゅうきん》は出せないけど、それでもいいのかえ?」

おりきがそう言うと、兆治は、ようがす、と即座に答えた。

おりき三十歳、兆治二十八歳のときである。

おりきは見世を増築して、上がり座敷の数を増やした。

掛け飯台だけであった見世を、前面を大広間に改築し、飯台と飯台の間を衝立で仕切ると、更《さら》にその奥に、個室を三部屋増やしたのである。

こうすれば、旅人だけでなく、兆治の料理を食べたさに、客がわざわざ脚を運んでくれるのではなかろうか……。

おりきの目論見《もくろみ》は見事に的中した。

兆治の腕は瞬《また》たく間に評判になり、江戸や横浜からも客が来るようになったのである。

いつしか、おりきの兆治を見る目が変わってきた。

明らかに、女の目で、兆治を見ているのである。

達吉は思い屈《くっ》した。

胸を掻《か》きむしりたくなるほどの妬心《としん》と、おりきの切《せつ》なくも、いじらしい女心を想うと、叫び出したくなるのである。

おりきには恐らく、初めての恋心であろう。

十六になるやならない頃、ご新造とは名ばかりで、おさすりのような生活を強いられた挙句、情を強くしてしか渡っていけない水商売の道で、肩肘を張って、生きてきたのである。

「あたしはさァ、女を捨てたんだよ」

立場茶屋おりきを出して二年目頃であろうか、おりきはそんなふうに言って、ふふっと寂しそうに笑った。

「あっしがついてやす」

達吉は喉元《のどもと》まで出かかった言葉を、ぐびりと呑《の》み込んだ。

じゃみっ面《つら》をした百姓の小倅《こせがれ》が差出して、おりきの困《こう》じ果てた顔は見たくない……。

いいさ、俺は生涯久助で……。

桃太郎には、猿《さる》や犬が傅《かしず》いていた。

俺《おり》ャ、女将さんの傍にいて、空気の役目を果たせれば、それで満足だ……。

達吉は黙って二人を見守ることにした。

おりきと兆治が理《わり》ない仲になったのは、いつ頃であろうか……。

今では達吉にもはっきりと思い出せないが、その日のことは、目に焼きつくように、鮮明に残っている。

おりきはまるで花が匂《にお》うようであった。

ふとした仕種《しぐさ》、目の配りに、しっとりとした艶《なま》めかしさが溢《あふ》れ出て、これが昨日までの胸のいい、おりきと同一人物であろうかと、思わず息を呑んだほどである。

女将さんは幸せなんだ……。

達吉はその夜、独《ひと》り寝の蒲団に柏餅《かしわもち》になって、声を出さずに、はらはらと涙を零《こぼ》した。

嬉しくて泣き、悔しくて泣き、切なくて泣いた。

「いっそのやけ、区切《けじめ》をつけて、祝言《しゅうげん》を挙げなすったら……」

達吉がそう言いだしたのは、兆治が見世に来て五年目のことだった。

築地にいる頃、些細《ささい》なことが原因《もと》で喧嘩《けんか》になり、同僚《どうりょう》に大怪我《おおけが》をさせ、所払《ところばら》いとなっていた兆治である。

兆治も江戸への未練《みれん》が立ち消え、鶴見に骨を埋《うず》めてもよいと思いかけていたのだろう。

では、春になったら……。

そう言い交《か》わした矢先だった。

兆治の女房と名乗る女が現われたのである。

「これが酷《ひで》ェ女でやしてね。おのぶというのでやすがね。兆治より十歳も年上で、当時、兆治は三十三歳でしたから、さあて、四十二、三ってとこかね。水茶屋《みずちゃや》のお茶っぴき女か、遣手《やりて》って形《なり》をしてやしてね。兆治はおまえとはとっくに切れている。所払いになった俺に、退状も届け出たし、人別帳《にんべっちょう》からも外してもらった。第一、所払いになったとき、おまえなんか関係がない。とっとと出て行けと追い立てたのは、おまえじゃないか。今さら、女房面《づら》をされたのじゃ敵《かな》わない、そう言いやした。ところが、おのぶはどこかで兆治の噂を聞いたんでしょう。その頃になると、鶴見村に小粋《こいき》で料理の旨い立場茶屋があると、江戸でも通人《つうし》の間に名が通っていやしたからね。おのぶにしてみれば、うらぶれた亭主はいらないが、腕利きと評判の兆治を手放すのが惜しくなったんでしょう。しかも、訪ねてみれば、兆治の傍には滅法界別嬪《べっぴん》の女将がいる。カァッと頭に血が昇《のぼ》ったのでしょうね、冗談じゃない。板場の下働きをしていた頃から、一人前の板前になれるように、水茶屋に出て、おまえを支えてきたのはこのあたしだよ。それをいけしゃあしゃあと、茶屋の女将と乳繰《ちちく》り合って、亭主に収まろうたァ、許せない。女将も女将だ。人の亭主を寝取ったんだ。泥棒猫とはこのことだ。さあ、この始末をどうつけてくれる……。とまあ、競《きお》い口を叩いたのよ」

達吉はそこで辛《つら》そうに顔を歪めた。

「それで、どうなったのですか」

おりきの胸に、ふっと不安が過《よ》ぎった。

「どうもこうもねえ……」

達吉は太息《ふといき》を吐《つ》くと、目を閉じた。

「兆治とおのぶが揉み合いになりやしてね。おのぶが女将さんを刺そうとしたんですよ。それを止めようとして、揉み合っているうちに、兆治がおのぶを刺しちまった……」

ああ……、とおりきは目を閉じた。

こんなことがあっていいのだろうか……。

長い沈黙《ちんもく》が続いた。

長火鉢《ながひばち》の上で、鉄瓶《てつびん》の蓋が虚《むな》しい音をたてている。

「それで、先代は毎月海蔵寺に詣られたのですね」

おりきは喉から声を振り絞《しぼ》るようにして、呟いた。

「へえ……」

その答えで、おりきには全て理解できた。

兆治は鈴ヶ森で斬首《ざんしゅ》されたのである。

「あっしは先代に顔向けが出来やせんでした。不甲斐《ふがい》ない、とんだ藤四郎です。あんとき、あっしは怖《こわ》くて、ただただ顫《ふる》えるばかりで、手も足も出なかった。女将さんのために生きる、女将さんの楯《たて》となると誓ったくせに、卑怯者《ひきょうもの》たァ、このあっしのことで……。あっしがよ、あっしがよ、兆治の代わりにおのぶを制すりゃよかったんだ。そしたら、女将さんは兆治とおっかい晴れて、夫婦《めおと》になれたかもしれねえ……」

達吉が洟《はな》を啜《すす》り上げる。

おりきは胸の合わせから小菊紙を取り出し、お拭《ふ》き、と手渡した。

遣《や》り切れない想いだった。

自分の楯となり、その結果、おのぶを殺《あや》めて、鈴ヶ森で斬首となった兆治……。

先代の心の叫びが聞こえるようである。

そして、達吉……。

先代への想いを胸に秘め、先代の心の疵《きず》を自分の疵として、共に嘗め、耐《た》えてきたのである。

「すると、あの予約席は兆治さんのものなのですね」

「いえ……、それがはっきりと解らねえんで」

達吉が弱々しく首を振る。

「どういうことですか?」

「先代に一度だけ尋ねたことがありやす。けれども、そのとき先代は、明日くる客さ、とお答えになりました。明日くる客が亡くなった兆治なのか、白金屋に置いてきた息子なのか、そいつァ判《わか》りやせん。この門前町に見世を出してからも、先代は時折、息子のことを話していましたからね。幾《いく》つになっただろうか、いつかひょっこり訪ねてくることがあるだろうか……なんてね」

「そう、息子さんがねえ……」

おりきはふっと頬を弛《ゆる》めたが、やはり、帳場脇のあの席は、兆治のものなのだ、と思った。

あそこからなら、板場も見える。

先代は兆治にこの板場で包丁を握ってもらいたかったのだ……。

おりきは目を閉じ、そっと心の中で呟いた。

女将さん、大丈夫ですよ。あなたの想いは、このわたくしが引き継ぎます……。

おりきは境橋《さかいばし》の手前を目黒川《めぐろがわ》に沿って、左に折れた。

このまま川に沿って歩けば、猟師町。更に、その先の入江が、洲崎弁天《すさきべんてん》である。

境橋は別名品川の橋、行合橋《ゆきあいばし》とも呼ばれ、この橋を境に、東を北品川宿、西を南品川宿と呼んだ。

この橋が行合橋と呼ばれるのは、祭礼のとき、南北の神輿《みこし》がこの橋で行き合うからとも、また男女が行き合うことから呼ばれるようになったともいう。

おりきの見るところ、南品川宿より北品川宿、北品川宿より歩行新宿《かちしんじゆく》のほうが遊興街《ゆうきようがい》としては活気があるように思う。

が、以前には南北どちら側にもあった本陣《ほんじん》や脇本陣《わきほんじん》が現在《いま》は北品川宿にしかないところを見ると、どうやら北品川宿が三宿の枢軸《すうじく》とみてよいだろう。

目黒川に沿って歩いていくと、海から吹き上げる南風《ようず》が、潮《しお》の匂いを運んできた。

海猫が耳を劈《つんざ》くほどに啼《な》きたてている。

海側まで出たとき、小裁《こだち》の伊勢縞《いせじま》に藍地《あいじ》に白く立場茶屋おりきと染め抜いた前垂れをつけた男の子が、防波堤《ぼうはてい》の下を、こちらに向けて駆けてくるのが見えた。

三吉のようである。

子供の三吉には大人の前垂れは大きすぎ、端折《はしょ》って括《くく》りつけたために、屋おりき、としか読めないのが、なんとも微笑《ほほえ》ましい。

三吉はおりきに気づかないのか、前屈《まえかが》みに慌てふためいたように駆けてくる。

「三吉！」

その声に、三吉は顔を上げ、一瞬立ち竦んだかと思うと、ウワッと獣《けもの》のような声を上げ、おりきの懐《ふところ》に飛び込んできた。

「姉ちゃんが！　姉ちゃんが！」

「これ、三吉！　しっかりするのです。何がありました？　おたかがどうかしましたか？」

おりきは屈んで、三吉の顔を覗き込んだ。

三吉はおりきの顔を見て、張り詰めていたものがぱちんと弾けてしまったようである。

丸い小さな顔が、瞬く間に涙と洟水《はなみず》で濡《ぬ》れそぼっていく。

おりきは何が起こったのか、悟《さと》った。

「三吉、素庵さまの家は知っておいでだね。猟師町にすぐにおいで下さいますよう……。

ああ、そうだ、これをお持ち。万難《ばんなん》を排《はい》し、すぐさまお越し下さるよう、立場茶屋おりきの女将が申しています、そう言って、これを渡しなさい」

おりきは緞子《どんす》の紙入れから一分《いちぶ》銀《ぎん》を一枚抜き取ると、懐紙《かいし》に包《くる》んで三吉に手渡した。

内藤素庵は腕は立つが、金に吝いことでも有名である。

鼻薬を嗅《か》がすようなことはしたくなかったが、今はそんなことを言っている場合ではない。

おりきはおたかの長屋へと急いだ。

だが、既に、おたかは事切《ことき》れていたのである。

おたかは穏《おだ》やかな顔をして、眠っていた。

まるで、声をかければ、目を醒《さ》ましそうなほどに安らかに、夢でも見ているように眠っていた。

たった今、息を引き取ったばかりなのか、額《ひたい》や頬に手を当ててみると、まだ温かさが伝わってくる。

「姉ちゃん、女将さんだよ。目を醒ましいや」

妹のおきちがおたかの身体《からだ》を揺すった。

「おきち、姉ちゃんはね、もう目を醒まさないのよ」

おりきはおきちの背を支え起こした。

「嘘《うそ》だ……。眠ってるだけだ。姉ちゃん、今日は朝から具合が良かったんだ。玉子粥《たまごがゆ》もお椀《わん》に一杯ほど食べてくれたし、蜆《しじみ》のお汁《つゆ》も飲んだ。寝床《ねどこ》から起き上がって、髪を梳《す》いてくれないか、と言ったんだよ」

おきちが再びおたかの上に崩れ落ちそうになる。

おりきはその背をしっかと摑《つか》んだ。

「そう。それでさっぱりとした髪をしているのだね」

黒々とした髪に櫛目《くしめ》の跡が見える。

「姉ちゃんね、今日はいろんなことを喋《しゃべ》ってくれたんだ。女将さんには世話になりっ放《ぱな》しだ。一日も早く元気になって、姉弟《きょうだい》三人で恩が返せるように働こうねって……」

ああ……、とおりきはおたかの白い顔に目をやった。

おたかには解っていたのだ……。

だからこそ、髪を梳いてくれとおきちに頼み、残された力を振り絞るようにして、おきちに想いを託したのだ。

「おきっちゃん、姉ちゃんはほかに何か言っていなかったかしら?」

おりきはおきちの顔を覗き込んだ。

うん、とおきちが頷いた。

「おまえと三吉はまだ十歳だ。今のうちは、おとっつァんも差出しないだろうが、今後、何があっても、おとっつァんについて行っちゃ駄目《だめ》だよ。いいかい、あたしたち三人は、女将さんの言われるままに動くんだ。それしか、自分を護《まも》る方法はないんだからねって……」

やはり、おたかはおきちと三吉の行《ゆ》く末《すえ》を案じていたのである。

どんなにか、我が口から、おりきにそれを伝えたかったであろう……。

解りましたよ、おたか。二人のことはこのおりきが預かります。おまえはもう、何も案じることはないのですよ……。

おりきは亡骸に向けて、そっと手を合わせた。

おきちがギョッとおりきを見る。

「女将さん、姉ちゃん、本当に死んじまったのですか！」

おりきが黙って頷く。

「嫌《いや》だ！　姉ちゃん、嫌だ……。十五夜に一緒に月を見ると約束したじゃないか！　幾千代さんが金魚をもう一匹持ってきてくれるのが愉しみだと言ってたじゃないか！　嫌だ、姉ちゃん。姉ちゃんの嘘つき……」

おきちが乱気《らんき》したように、おたかの身体にしがみつき、泣き喚《わめ》く。

十歳にしてはしっかり者のおきちである。

数ヶ月前に母親を看取《みと》ったばかりだが、恐らく、母親の死は幼心《おさなごころ》に覚悟《かくご》が出来ていたのだろう。

だが、ときを経《へ》ずして、一家の柱石《ちゅうせき》おたかを失った衝撃《しょうげき》は、十歳の娘には大きすぎたようである。

姉の死を解っていても、どこかで認めたくない……。

そんな想いが、ひしひしと伝わってくるのだった。

おりきはおきちの小さな背を抱え起こした。

「おきっちゃん、幾千代さんが金魚を持ってくるって、どういうことかしら？」

おきちは泣きじゃくりながら、厨《くりや》のほうを指差した。

流しの三和土《たたき》に、硝子《がらす》製《せい》の金魚玉《きんぎょだま》がみえる。

おきちは立ち上がると、厨に下りて、金魚玉を手に戻ってきた。

青々とした水草の中で、紅《あか》く長い尾鰭《おひれ》をひらひらと翻《ひるがえ》しながら、琉金《りゅうきん》が冴え冴えと泳いでいる……。

「まあ、これは……」

おりきは目を瞠った。

このところ、金魚を愛《め》でる江戸者が多いと聞くが、日々の生活《たつき》にも窮《きゅう》す庶民《しょみん》には、贅沢《ぜいたく》品《ひん》のひとつでもあった。

殊《こと》に、この琉金など、見るからに高直《こうじき》そうである。

「幾千代さんがお座敷でお客さんに貰ったんだけど、幾千代さんの家には猫がいるから、金魚は飼えないんだって。それで、おたかちゃんに預けたよ。大切に育てておくれって……。姉ちゃん、今まで海に潜ってたけど、こんなに綺麗な魚は見たことがないって、そりゃあもう、悦《よろこ》んでたんだ。そしたら、幾千代さん、一匹では金魚も寂しいだろうから、もう一匹手に入れてやるよって、約束してくれたんだ」

おきちはおたかの枕許《まくらもと》に金魚玉を置いた。

「そう、幾千代さんがねえ。幾千代さん、たびたび訪ねてきてたの?」

「幾千代さんの家ね、この一本先の路地を入ったところにあるんだ。それで時々、お座敷

の帰りに、お土産《みや》を持ってきてくれたんだ」

「お土産?」

「握り寿司《ずし》や饅頭《まんじゅう》。お客さんに貰ったとか言って、高麗人参《こうらいにんじん》を持ってきてくれたこともあるよ」

そうだったのだ……。

おりきの胸がじんと熱くなる。

「金満家《きんまんか》やえばったやつには情を張ってみたり、高腰《たかごし》な態度に出るが、弱者にはつい手を差し伸べたくなる。粋《いき》じゃござんせんか。あっしは好きですね……」

ふっと達吉の言葉を思い出す。

おたかに金魚をやるとは言わないで、貸すから大切に育てておくれという、そこが幾千代らしく、心憎いところなのだ……。

恐らく、高麗人参も客から貰ったのではなく、わざわざ幾千代が求めたものだろう。

おりきの胸が再びぽっと熱くなる。

その夜、おたかの通夜《つや》は、見世の者が交替で参列し、おりきは五ッ半（午後九時）から翌朝まで、おたかの傍につき添った。

父親の嘉六《かろく》は見世の若い衆が手分けして捜したところ、結局、その夜は見つからず、翌朝、大森海岸の浜で、づぶ六になって眠りこけているところが発見された。

が、嘉六はおたかが亡くなったと聞いても高鼾《たかいびき》をかくだけで、遂《つい》に、若い衆もそんな嘉

六を見放《みはな》し、帰ってきたのだった。

明日は十五夜（八月十五日）である。

立場茶屋おりきは朝方から準備に余念がなかった。

十五夜はどちらかといえば、遊里の行事が脚光を浴び、門前町は二十六夜のときのように耳目《じもく》を集めることはなかったが、それでも、日頃の倍は人出があった。

「気忙《きぜわ》しいところを悪いのだけど、半刻《はんとき》（一時間）ばかり見世を空《あ》けさせておくれ」

おりきは茶屋番頭の甚助とおよねにそっと耳打ちした。

「海蔵寺ですか？　いいに決まってやすよ。今日はおたかの初七日《しょなのか》だ。本来なら、俺たちも詣らなきゃなんねえが、今日ばかりは手が空《あ》かねえ」

甚助が気を兼《か》ねたように言う。

「その気遣《きづか》いだけで、おたかは満足でしょうよ」

おりきは帳場脇の信楽の壺をちらと見た。

明日に備えて、今朝は芒《すすき》と根付けに桔梗《ききょう》を活けてある。

おりきの手にも、吾亦紅《われもこう》に桔梗に小菊……。

少し多目に用意したのは、おたかの墓に詣ったあと、首塚にも花を手向《たむ》けようと思った

からである。

「三吉とおきちは一緒じゃないのですか」

　およねが怪訝《けげん》そうな顔をする。

「海蔵寺の住持《じゅうじ》に読経《どきょう》を頼みましたのでね。お布施《ふせ》などを持たせて、先に行かせました」

　おりきがそう言うと、およねの顔に安堵の色が戻った。

「結局、おとっつァんは通夜にも野辺送《のべおく》りにも顔を出しませんでしたね。まっ、あんな親父《おやじ》なら、いねえほうがましだがよ！」

　甚助が吐き出すように言う。

「これで良かったのですよ。三吉は善助の下につけましたが、おきちはまだ茶屋で働くには幼すぎます。旅籠の下働きをしてもらっていますが、いずれ、あの娘《こ》もおたかに負けない働き者になるでしょう。二人とも、長い目で見てやって下さいね。じゃ、行ってきますよ」

　そう言うと、おりきは通りに出た。

　四ツ（午前十時）過ぎの門前町は朝の賑々《にぎにぎ》しさが去り、通りを歩く人もどこか長閑《のどか》で、白昼夢のようなのったりとしたものを感じた。

　客待ちの旅四手《たびよつで》が木陰で涼《りょう》を取り、駕籠舁《かごか》きが煙管《きせる》をふかしたり、大欠伸《おおあくび》するのを見ると、なんだか、そこだけ時が止まったように思えるのだった。

　海蔵寺の山門を潜ると、本堂の前で、先に来ていたおきちと三吉、住持が待っていた。

おりきはあっと目を瞠った。

住持の背に隠れるようにして、幾千代が立っているのである。

幾千代はおりきに気づくと、ひょいと住持の背から顔を出した。

髪こそ無造作に櫛巻《くしま》きにしているが、幾千代は黒っぽい紗《うすぎぬ》の無地に、昼夜帯《ちゅうやおび》の黒い面を表に締めている。

「あたしにも線香をあげさせてもらっていいかい」

幾千代の白い頬がふっと弛んだ。

「いいも悪いも、ええ、是非そうしてやって下さいな。おたかもさぞや悦びましょう」

おりきは頭を下げた。

「皆さん、お揃《そろ》いでしょうか。では、墓のほうへ……」

住持に促《うなが》され、おりきたちは首塚をぐるりと廻るようにして、裏手の墓地へと入っていった。

まだ木の香りが匂ってきそうな、新しい白木《しらき》の墓標が二つ見える。

おりきがおたかと母親のために建てたものであった。

いずれ、折を見て、小さくてもよいから墓碑《ぼひ》にしてやりたい……。

そんなふうに思っていた。

墓標に花を供え、水を供え、そして最後におきちが袂《たもと》の中から月見団子を取り出すと、茹《ゆ》でた栗《くり》の横にそっと置いた。

「姉ちゃん、十五夜の月、ここからでもよう見えるな」

おきちのその言葉に、幾千代が堪えきれないように、ウッと口を塞《ふさ》いだ。

「おたか姉妹《きょうだい》が何かと世話になったそうで、本当に有難うございます。何も知らなかったもので、礼を言うのが遅くなってしまいました」

読経が終わり、住持が立ち去ったあと、おりきは改めて幾千代に頭を下げた。

「大したことなんてしちゃいませんよ。ただ亀蔵《かめぞう》親分からおまえさんがおたか姉妹を猟師町の長屋に移らせたと聞いたもんでね、猟師町といえば、あたしの縄張りだ。目と鼻の先に姉妹がいるっていうのに、あたしが見て見ぬ振りをするわけにはいかないじゃないか。いらぬおせせの蒲焼《かばやき》とは思ったけど、差出させてもらいましたよ。それより、あたしゃねえ、おまえさんを見直したよ。おたか姉妹だけでなく、三吉まで引き取ったうえ、あのでも医者（藪《やぶ》医者）の薬料《やくりょう》まで引き受けたっていうじゃないか。へん、素庵の藪が、先にどこかの御典医《ごてんい》だったなんて万八《まんぱち》を言っているらしいが、金に汚いことじゃ有名だ」

「幾千代さん、もうそのくらいで……」

子供たちの前である。

おりきは幾千代を目で押さえると、先に帰っていなさい、とおきちたちを促した。

「首塚に廻ってみようと思いますの。ご一緒にいかがですか？」

おりきは幾千代に微笑みかけた。

この境内《けいだい》で、何度、幾千代を見かけたであろうか……。

が、いつも遠目に、せいぜい会釈する程度で、会話らしい会話をしたことがない。

「考えてみれば、毎月のようにここでおまえさんの姿を見かけたもんだから、随分《ずいぶん》昔から知り合いのような気がしてたけど、話をしたことなんてなかったのだね」

「いえ、一度……。おたかを猟師町に引き取ったばかりの頃、擦《す》れ違いざま、おまえを見直したよ、と小声で囁《ささや》かれました」

「ああ……、あんときね。莫迦《ばか》だね、あんなのは会話と言わないじゃないか」

幾千代がくすりと肩を揺らす。

二人はゆっくりとした足取りで、首塚のほうに廻っていった。

「あたしさァ、おまえさんのことを誤解してたんだよ。先代とは親しくしてもらっていたからね。先代が女将の座をおまえさんに譲《ゆず》ると聞いたとき、耳を疑ったよ。聞くと、おまえさん、武家の出だというじゃないか。苦界《くがい》のことなんてなんにも知っちゃいない品《ひん》をしたおまえさんに、海千山千の茶屋の女将が務まるわけがないと思ってね。先代はおまえさんのことを何も話しちゃくれなかった。ただ、あの女《ひと》も随分辛い想いをしてきたのだ。芯に強いものを秘めていますよって、そう言っただけさ。あたしにしてみれば、面白くないさ。嫉妬《しっと》とも違ってね、旨く言えないのだけど、先代が苦労して造り上げた土台の上に、おまえさんが小手先《こてさき》でひょいと家を建てちまったような気がしてね。しかも、おまえさん、逢うたびに、先代に似てくるじゃないか。亀蔵親分なんか、おまえさんのことを話題にするたびに、でれっと脂下《やにさ》がっちまって、もしかすると、先代より器が大きいかもしれねえ。

巳之吉の腕を見込み、おりきの板頭に据《す》えたのは、現在《いま》の女将だ。あの気難《きむずか》しい巳之吉を操《あやつ》れるのは、あの女将だけだ、なんてことを言うしさ。ああ、やっぱ、これは悋気《りんき》なんだろうか。おお嫌だ。どっとしないね。女なんてこれだから嫌んなる」

「幾千代さん、耳が痛《いと》うございます。買い被《かぶ》りですわ。わたくしはまだまだ先代の足許《あしもと》にも及《およ》びません。それに、現在《いま》のわたくしがありますのも、何もかも先代のお陰と、常に手を合わせていますのよ」

「だから、月命日《つきめいにち》には先代の墓とこの首塚に、詣るのを欠かさないのだね」

二人は首塚の前に立っていた。

おりきは少し残しておいた菊と桔梗を塚の前に供えた。

幾千代が線香に火を点《つ》け、半分をおりきに渡す。

そうして暫《しばら》く頭《こうべ》を垂《た》れたであろうか、おりきの胸に今までと違う別の感情が、衝《つ》き上げてきた。

今までは、先代のために、この首塚に手を合わせていた。

が、今は兆治のために、先代と兆治のために、手を合わせているのである。

風が出てきたのか、杉林がざわめいている。

潮の香りを含んだ、ねっとりとした風が、抜き衣紋《えもん》にした幾千代の項《うなじ》の後《おく》れ毛《げ》を揺らしていく。

「知ってんだろ？　あたしのこと」

顔を上げた幾千代が、ちらと、おりきに流し目をくれる。

「えっ?」

おりきは目を瞬《しばた》いた。

「亀蔵親分がさ、言ったんだよ。済まねえ、おめえのことをおりきさんに喋っちまったって……。いいさ、今さら隠したところで御座《おざ》が冷《さ》めちまう。亀蔵親分の言ったことは全部本当のことさ。あたしゃね、生涯一回こっきり、惚れて惚れて、相惚《あいぼ》れした男、あたしのために死んでいった男のために、こうして生命《いのち》ある限り、手を合わせに来てるんだよ」

「…………」

「先代はそのことを知っていた。あの女《ひと》もね、あたしとおっつかっつの痛みを持っててね……。黙っていても、解り合えたのさ」

「幾千代さん……」

おりきは伏せた目を上げ、幾千代を瞠《みつ》めた。

だが、言葉が出てこない。

「…………」

「ふふっ、おまえも何か腹に抱えているようだね。まっ、いいってことよ。話したくなったら話せばいい。人間、なかなか自分のことは言いにくいもんさ。あたしも亀蔵親分が口を叩いてくれたお陰で、こうして、心を開くことが出来たんだ。それより、喉が渇《かわ》かないかい?　ぐびついちゃってさ」

また杉林が激しく悲鳴を上げる。

「宜しかったら、わたくしどもにいらっしゃいませんこと？　初昔《はつむかし》が手に入りましたの。確か、翁煎餅《おきなせんべい》も残っていたと思いますわ」

「おや、新茶だね。そりゃ、おかたじけ！」

幾千代は爽《さわ》やかな笑いを見せた。

二人はゆっくりと、歩調を合わせるようにして、海蔵寺の坂を下りていった。

こうして、肩を並べて立場茶屋おりきに入っていけば、さぞや、見世の者は目を欹《そばだ》てるであろう。

達吉のあんぐりと口を開けた顔が、目に見えるようであった。

「花が～～三文《さんもん》」

坂下から、少女の澄んだ呼び声が流れてくる。

どうやら、四ツ半（午前十一時）を廻ったようである。

秋の別

札《ふだ》の辻《つじ》まで出ると、おさわはふと空を仰《あお》いだ。

陽《ひ》は既《すで》に西に傾き、済海寺《さいかいじ》の屋根の上に、縹色《はなだいろ》と鴇色《ときいろ》の綾織《あやお》り状になった、帯地《おびじ》のような空が広がっている。

雀村塾《じゃくそんじゅく》を出たのは確か八ツ半（午後三時）頃だったと思うので、すると、半刻《はんとき》（一時間）あまりも通新町《とおりしんまち》を彷徨《さまよ》っていたことになる。

健脚《けんきゃく》の、おさわのことである。

日頃なら、半刻もあれば、猟師町《りょうしまち》の長屋に戻り、今時分《いまじぶん》は浜に干した海苔《のり》や若布《わかめ》を取り込み、夕刻からの漁に備えて、早めに夕餉《ゆうげ》の仕度《したく》に取りかかっていたであろう。

目的があって彷徨《うろつ》いていたのでも、どこで何をしていたというわけでもなかった。

近藤綾女《あやめ》の言葉が喉《のど》に刺さった小骨のように、吐き出すことも咀嚼《そしゃく》することも出来ないまま、ただ闇雲《やみくも》に、あたりを彷徨《ほうこう》していたのである。

近藤綾女とは、雀村塾の塾頭《じゅくとう》近藤雀村の妻女である。

おさわは今朝も六ツ半（午前七時）には沙浜《すなはま》の網干場《あぼしば》に立ち、正午近くまで、鯵《あじ》の干物や若布などを立売《たちうり》したあと、浜に下りて弁当を遣《つか》い、やれそろと通新町へ脚《あし》を向けたのが、九ツ半（午後一時）だった。

猟師町を出るとき、天秤棒《てんびんぼう》を担《かつ》いだおさわの脚がふらつくほど、棒手振《ぼて》は重かった。

それが、すっかり軽くなっているのが、おさわには心地《ここち》良《よ》い。

だが、雀村塾に届ける干物や海苔だけは、しっかり棒手振の底に仕舞《しま》ってある。

陸郎《りくろう》が世話になっているんだ。先生と奥さまには、ぜっぴ、旨《うま》い干物を食ってもらわなきゃ……。

おさわの胸は弾《はず》んだ。

「まっ、なんて肉厚《にくあつ》で、見事な干物だこと！　おさわさんの海苔は絶品ですものね」

綾女が丸々とした頰《ほお》をはち切れんばかりに膨《ふく》らませ、微笑《ほほえ》む姿が目に見えるようであった。

「けれども、そうそう気を遣うことはありませんのよ。うちは陸郎をただ預かっているわけではありません。書生として、塾の雑用や下男の朔三《さくぞう》の仕事も手伝ってもらっています。おまえさまは口を開けば、月謝も払えないのに、と詫《わ》びをお言いだが、うちはね、給金《きゅうきん》を払う代わりに、陸郎の勉学の手助けをしていますのよ。ですからね、おさわさん、おまえさまは大きな顔をしていらっしゃればよいのです」

綾女はおさわが干物を届けるたびにそう言うが、だからといって、固辞《こじ》するわけでもなかった。

干物や海苔を見る綾女の目には輝きがあり、やはり、どこか期待しているふうにも見えるのである。

おさわの一人息子陸郎が、雀村塾の下働きに出たのは、十二歳のときのことである。

陸郎はそれまでおさわを手伝い、漁師の真似事《まねごと》をしていたのだが、おさわとしては、陸郎をこのまま海とんぼにしてしまうのは、どうにも小胸《こむね》が悪かった。

漁師の家に生まれたおさわは十六で、まるでそれが宿命《すくせ》でもあるかのように、漁師の政《せい》太《た》に嫁《とつ》いだが、あるとき、こざっぱりとしたお仕着《しき》せを着て、利発げに接客するお店者《たなもの》を見たとき、おさわの胸の中で何かが腓《こむら》返った。

誰にだって、別の生き方があるのではなかろうか……。

おさわは身に着けた乞食仕立《こじきしたて》の布子《ぬのこ》を、改まったように、見下ろした。

決して、本宿《ほんじゅく》の飯盛女《めしもりおんな》や芸者のように、着飾りたいとは思わない。

だが、せめて、これから生まれてくる我が子だけは、海とんぼの子は海とんぼ、と生まれ落ちたときから身の有《あ》りつきを定めるようなことはしたくない……。

おさわの脳裡《のうり》を、父親や亭主《ていしゅ》の赤銅色《しゃくどういろ》に焼けた顔が、ゆるりと過《よ》ぎっていった。

ふん、日焼けなんだか、酒錆《さけさび》なんだか分かりゃしない……。

おさわはそう胸の内で毒づいた。

彼らの頭の中には、漁のことか、酒のことしか入っていない。

それが、おさわの業《ごう》を煮《に》やすのである。

彼らは夜明け前には漁に出るが、揃《そろ》いも揃って生酔《なまえ》の糟喰《かすくらい》で、坊主《ぼうず》だ、不《ふ》の字だと、なんのかんのと理屈をつけては、昼過ぎには陸に上がり、雀《すずめ》の酒盛りを始める。

しかも、海が時化《しけ》れば時化たで、朝からどろけんとくる。

当然、立行《たちいき》は成り立たず、烟《けむり》の料《しろ》（生活費）のつけは女《おな》ごや子に廻《まわ》ってきた。

女房たちが海に潜《もぐ》り、鮑《あわび》や栄螺《さざえ》、海草を獲《と》ると、お天道《てんとう》さまの機嫌《きげん》を伺《うかが》いながら天日干《てんぴぼ》しをしてみたり、立売までして、身上《しんしょう》を立てようとするのである。

こんな苦労はあたしだけで沢山《たくさん》だ……。

おさわは我が子だけには、別の人生を歩んでもらいたいと願った。

おさわが男児を出産したのは、翌年のことである。

おさわは迷わず、陸郎、と名づけた。

亭主の政太は、海とんぼの息子がなぜ陸郎なのかと難色を示したが、元々、さして子の名前に執着《しゅうちゃく》を持っていなかったのだろう、八卦見《はっけみ》の妙斉《みょうさい》につけてもらった名だ、将来、網元にもなれる大物の名だ、と万八《まんぱち》を言うと、あっさり引き下がってくれた。

陸郎は目から鼻に抜けたような、敏《はしこ》い子だった。

大概《たいがい》のことは一度で聞き分け、八歳になった頃には、誰に習ったか、高札《こうさつ》の平仮名文字くらいは読めるようになっていた。

そうなると、おさわの期待はますます膨らんでいく……。

なんとか、陸郎を寺子屋に通わせることは出来ないものだろうか……。

だが、政太の酒量は日を追うごとに増えるばかりで、微塵芥子《みじんけし》ほども、生活《たつき》は楽にならなかった。

明日のお飯《まんま》にも困るというのに、陸郎の月並銭《つきなみせん》まで手が廻らない。

ところが、貧乏人が灰を撒《ま》けば大風が吹くとは、このことである。

その年の冬、政太が酒毒《しゅどく》で血を吐き、あっけなくこの世を去った。

陸郎は十二歳になったばかりであった。

青天《せいてん》の霹靂《へきれき》とは、まさにこのことである。

政太の稼《かせ》ぎは殆《ほとん》どが酒代《さかだい》に消えたといっても、漁の上がりで、店賃《たなちん》は賄《まかな》えたのである。

「いいよ、おっかさん、おいらが漁に出るからよ」

陸郎のその言葉に、おさわは泣いた。

健気《けなげ》な陸郎の心に泣き、口惜《くちお》しさに泣いた。

が、それから半年もした頃であろうか。

降《ふ》って湧《わ》いたように、陸郎に幸運が舞い込んできたのである。

「確かよ、先《せん》に、おめえ、陸のやつを寺子屋に通わせてェとか言ってたよな」

ある日のこと、おさわと陸郎が海から戻ってくると、浜に引き上げたべか舟《ぶね》の舳先《へさき》に、高輪《たかなわ》の亀蔵《かめぞう》親分が坐《すわ》っていた。

「はい。分際《ぶんざい》も弁《わきま》えず、そんな高望みをしたこともありました。けど、今じゃ、この有様《ありさま》です。店賃もまともに払えないで、月並銭までとても手が廻りません」

おさわは首に巻いた手拭《てぬぐ》いで、汗にまみれた額を拭った。

「じゃ、諦《あきら》めたというのかい」

「分々《ぶんぶん》に風は吹くと言いますからね」

「ほう。陸郎、おめえはどうだ。それでいいのか？」

亀蔵親分に睨《ね》めつけられ、陸郎はつと差《さ》し俯《うつむ》いたが、すぐに顎《あご》をきっと上げると、

「寺子屋には行きたいです。今すぐは無理でも、もっと漁に出るのを増やして、いつか必ず、行くつもりです」

と答えた。

「ほう……。なんと、おさわよ。おめえ、利発な息子を持ったじゃねえか。実はな、通新町の雀村塾で、下働きの小僧《こぞう》を探しているのよ。雀村塾といえば、薩摩《さつま》さまの藩士《はんし》も通う高名《こうめい》な塾だ。小僧といっても、そんじょそこらの洟垂《はなた》れや金太郎《きんたろう》じゃ務まらねえ。一を聞いて十を知るような子でないとな。そこで、陸郎のことを思い出したのよ。だがよ、向こうさまじゃ、大《てえ》した給金は出せない。節季《せっき》に小遣《こづか》い程度しか渡せないが、代わりに、手習いや算術などを教えようと言いなさる。なっ、願ってもない話じゃねえか」

「…………」

「…………」

「どうしてェ、どうしてェ、二人とも鳩《はと》が豆鉄砲《まめでっぽう》を食ったような顔をしちゃってよ。それとも何か？　この話が気に食わねえとでもいうのかえ？」

おさわは首の手拭いを抜き取ると、ウッと、手拭いに顔を埋《うず》め、肩を顫《ふる》わせた。

「気に食わないなんて……。気に食わないなんて、そんなことがあるわけがないじゃあり

ませんか」

そうして、おさわは感に堪《た》えないように、噎《むせ》び泣いたのだった。

あれから六年になる。

陸郎はこの年十九歳を迎え、今では雀村塾の書生として、塾生たちの指導にも当たれば、ときには、都講《とこう》（講師）の代理を務めることもあるという。

陸郎は通新町に移ってから、一度も猟師町に帰っていなかった。

おさわが止めたのである。

里心《さとごころ》など持たず、学問に邁進《まいしん》してもらいたかった。

どうやら、陸郎は近藤雀村や奥方《おくがた》に嘱望《しょくぼう》されているようである。

ならば、先生は陸郎に見合った先行きを、考えて下さるのではなかろうか……。

このまま雀村塾に留《とど》まり、いずれ都講という道を歩むのか、独《ひと》り立ちして、学問で身を立てるのか、それは分からない。

が、いずれにしても、いつか所帯《しょたい》を持つ日が来るだろう。

その日のためにも、陸郎には魚の臭《にお》いを染みつけてはならないのである。

おさわはこの六年間、感謝の意を込めて、月に一度、通新町に干物や海苔を届けてきた。

雀村塾の勝手口に廻り、そっと女中に訪《おとな》いを入れる。

女中も心得《こころえ》たもので、おさわの顔を見ると、待ってな、とすぐに奥に引っ込んでいく。

暫《しばら》く待っていると、妻女の綾女が姿を現わし、毎度変わり映《ば》えしない会話を交《か》わし、おさわはそれでもう満足して、帰路につくのだった。

たまに、陸郎の姿を見かけることがあった。

だが、そんなときも、おさわは声をかけず、遠目に陸郎の元気そうな姿を見て、心の中で、頑張《がんば》れよ、とそっと手を合わせた。

一度だけ、裏庭で竹刀《しない》を振る、陸郎の姿を見たことがある。

おさわは目を瞠《みは》った。

陸郎の出立《いでたち》は、胴着《どうぎ》に稽古袴《けいこばかま》。髷《まげ》もいつの間にか、町人髷《ちょうにんまげ》から武士のものへと変わっていたのである。

なんと、あの子が、剣術まで……。

陸郎の凜々《りり》しい若武者姿《わかむしゃすがた》に、おさわの胸がじんと熱くなった。

するとそのとき、陸郎がふいに振り返った。

かなり離れた位置であったが、陸郎はおさわの姿を捉《とら》えたようである。

陸郎は少し驚いた表情を見せたが、おさわに向かって、一歩踏み出そうとした。

おさわは慌てて首を振り、目で陸郎を制した。

陸郎が立ち止まり、おさわを瞠《みつ》めている。

おさわも凝視するように、陸郎を見た。

どれくらいそうしていただろうか。

二人は黙って瞠め合い、母子《おやこ》の会話を交わした。

おさわにはそれで充分であった。

口に出して交わす言葉よりも、互いの目で、その十倍も二十倍も、心を通わせたのだった。

あれ以来、陸郎の姿は見かけていない。

今日も勝手口で、綾女と通り一遍《いっぺん》な会話を交わすと、そのまま帰路につくつもりであった。

ところが、何を思ってか、今日に限って、綾女がお茶でも飲んでいかないかと、水を向けてきたのである。

「お話がありますの。さっ、どうぞ。陸郎のことなのですよ」

おさわの頬から、さっと血の色が失《う》せた。

陸郎が何か……。

胸が早鐘《はやがね》を打った。

バクバク、バクバク、心音が外に漏《も》れるのではないかと思えるほどで、それがますます、おさわを慌てさせた。

綾女は湯呑《ゆのみ》に茶を注《そそ》ぐと、くすっと肩で笑った。

「まあま、しゃちこ張《ば》って。それではまるで、借りてきた猫のようですことよ。さっ、お楽になさって……」

そう言い、綾女は沈金彫《ちんきんぼり》の杯台《はいだい》に湯呑を載《の》せ、そっとおさわの前に差し出した。

おさわの身体《からだ》は、まるで石にでもなったかのように、硬くなった。

九谷《くたに》の蓋《ふた》つき湯呑に、黒地《くろじ》に金色の竜《りゅう》が彫り込まれた杯台……。

おさわなど、一度も目にしたことがなければ、触れたこともない。

「さっ、召し上がれ」

綾女に促《うなが》され、おさわは怖《お》ず怖ずと蓋を取った。

出花《でばな》の、甘い香りが鼻を衝《つ》いた。

おさわが初めて脚を踏み入れた、雀村塾の居間である。

今日は講義がないのであろうか、家の中はしんと静まり返り、人の気配すらしない。

時折、中庭の鹿威《ししおど》しが澄んだ音をたて、それが一層、静寂《せいじゃく》さを掻《か》きたてた。

「あのう……」

おさわは顫える手で湯呑を戻すと、上目遣《うわめづか》いに、綾女を見た。

「陸郎のことですね。今は雀村の供で、湯島《ゆしま》に行っていますの」

陸郎は留守《るす》なのだ……。

別に、陸郎に逢《あ》うのを期待していたわけではないのに、おさわの胸の中で、膨らんでいたものが、しゅるしゅると萎《しぼ》んでいった。

「そのことなのですけどね。実は、雀村が陸郎を昌平坂学問所《しょうへいざかがくもんじょ》に入れたいと申していましてね。まあ、あの子の怜悧《れいり》なこととときたら、恐らく、雀村塾始まって以来の俊才《しゅんさい》でしょう。このまま書生で終わらせてしまうのは、いかにいっても痛惜《つうせき》だ……。雀村はそんなふうに言っていますの」

「…………」

おさわは目をまじくりさせた。

なんだかよく解《わか》らないが、陸郎が利口《りこう》だと褒《ほ》められているようである。

だが、昌平坂学問所とは、なんのことなのだろうか……。

「年が明けましたならば、陸郎は湯島に参ります。まっ、当面はここから通うことになりますが、今後のこともありますしね。この際、川口屋に養子に出してはどうか、と雀村が申しますの。川口屋は小石川片町《こいしかわかたまち》ですしね、あそこからなら、学問所に通うのも便利です」

綾女の目が、糸のように細くなった。

「あの……、済《す》んません。川口屋とは……」

「あら嫌《いや》だ。それを先に話さなきゃなりませんでしたね。川口屋はね、油問屋《あぶらどんや》ですよ。本《ほん》郷《ごう》ではかなり名前の通った大店《おおだな》ですが、娘御《むすめご》が二人おられましてね。川口屋ではこのたび御家人株《ごけにんかぶ》を買うことになったそうですの。そう、御家人株。川口屋は幕府御用達《ばくふごようたし》の商人《あきんど》でしてね、まっ、今後のことを考えれば、身内に一人くらい武士がいてもよいと考えたのでしょう。けれども、川口屋には娘御しかおられません。それで、誰ぞ、英明な若者はいないものだろうかと、雀村に下相談《したそうだん》があったようです。雀村は躊躇《ためら》うことなく、陸郎を推挙しました。そりゃね、塾には養子に出るべく武家の次男、三男坊が数多《あまた》といます。ですが、陸郎ほど優《すぐ》れた人材はいません。雀村もあの子の行く末を、あれこれと案じていたところですからね。これは願ってもない話でした」

「あのう……、あたしにゃ、もうひとつ話の内容が見えてこないのですが、つまり、陸郎は川口屋の養子に入るので?」

おさわは口を窄《つぼ》め、鼠鳴《ねずみなき》をするように、呟《つぶや》いた。

「そう。一旦《いったん》、川口屋の養子となって、その後、株を売るお武家と再び養子縁組をいたします。ですが、これは飽くまでも形式上のことで、陸郎は武家の名前と家格《かかく》だけ貰《もら》い、その後、川口屋の娘御を嫁に取るのです。今は小普請組《こぶしんぐみ》ですが、八十俵五人扶持《はちじっぴょうごにんぶち》ですので、いずれ役職に就《つ》ける日がくるでしょう。その意味でも、昌平坂学問所で優秀な成績を上げなければなりません。ねっ、良いお話でしょう？　考えてもみなされ。漁師の息子が武家になり、好きな学問の道が続けられるのですよ」

ああ……、とおさわは目を閉じた。

思い半《なか》ばに過ぎるとは、まさにこのことである。

陸郎が、腹を痛めたあの息子が、学問の道に邁進することが出来るばかりか、武士になれるというのである。

それで、剣術の稽古を……。

稽古着を着た陸郎の凜然《りんぜん》とした姿が、おさわの眼窩《がんか》にくっきりと浮かび上がる。

まさか、夢ではなかろうか……。

おさわの胸をふっと不安が過ぎった。

「奥さま、これは本当なのでしょうね。あたしにゃ、どうしても、漁師の息子がお侍《さむらい》になれるとは信じられないんですが……」

綾女はふふっと含み笑いをした。

「そのことなのですけどね、実は、川口屋には陸郎はわたくしの遠縁《とおえん》と言ってありますの。名前も、榊原《さかきばら》陸郎。早くにふた親を亡くし、ほかに縁者もいないので、幼い頃より我が家で預かっていると……」

「はっ？」

「だって、それはそうでしょう？　いかに川口屋が大束《おおたば》で、陸郎が英明とはいえ、苗字《みょうじ》を持たない者を養子にするのは、二の足を踏むでしょう。それでね、おまえさまに言っておきたいのですが、今後、陸郎には近づかないようにしていただきたいのです。干物や海苔を届けて下さるのも、今回限りにして下さいな」

「………」

「おまえさまの気持はよく解ります。でもね、陸郎のためなのです」

「陸郎はそれを承知で？」

「無論、承知に決まっていましょうが。第一、あなたたち母子《おやこ》は、陸郎がこの家に入ってからも、母子らしい会話ひとつしたことがないではありませんか」

そう言われてみれば、身も蓋もなかった。

陸郎の立身を願って、おさわは陰から見守るだけで、満足してきたのである。

だが、そこには、月に一度、自分の作った干物や海苔を届けるという、一縷《いちる》の繫《つな》がりがあった。

綾女はその一縷の繫がりも、捨てよと言っているのである。

「へえ、解りました」

おさわは潮垂《しおた》れたまま、呟いた。

そうして、雀村塾を出たのが、八ツ半頃だった。

鉛でも呑《の》み込んだかのように、胸が重く塞《ふさ》ぎ、棒手振の中はすっかり空《から》になったというのに、天秤棒を担ぐおさわの身体が、あっちにふらり、こっちにふらり、途中立ち止まっては、深々と、太息《ふといき》を吐《つ》いた。

そうして、札の辻まで出たとき、目に飛び込んできた綾織り状の空……。

一瞬、あっ、綺麗《きれい》や、と思ったのが、それがまた、おさわの心を無性《むしょう》に哀《かな》しくさせた。

いっそのやけ、夕陽《ゆうひ》は紅《あか》いなら紅いでいてほしい……。

そう思ったが、夕陽にまで八つ当たりする自分が虚《むな》しくなり、おさわはふっと片頰《かたほお》で笑うと、大木戸《おおきど》に向かって歩いていった。

高輪の大木戸を過ぎ、海沿いに車町《くるまちょう》のほうに歩いていくと、泉岳寺《せんがくじ》のほうから下りてくる、三人の男が目に入った。

がっしりとした体軀《たいく》の男を真ん中に挟み、上背《うわぜい》のある雲雀骨《ひばりぼね》の男と小太りの男……。

揃いも揃って、栈留青梅《さんとめおうめ》を尻《しり》っ端《ぱ》折《しょ》りし、真田帯《さなだおび》に挟んだ十手《じって》の房《ふさ》を揺らしながら、風を切るように歩いてくる。

亀蔵親分と、下っ引《ぴ》きの金太《きんた》に利助《りすけ》である。

「おさわよ、今帰《けえ》りか」

亀蔵親分が声をかけてくる。

おさわは胡乱《うろん》な日を親分に返したが、芥子粒《けしつぶ》のような親分の目にぶつかると、途端《とたん》に、堪《こら》えていた涙が衝き上げてきた。

「親分……」

おさわは天秤棒を担いだまま、はらはらと涙を零《こぼ》した。

「どしてェ。何があった。ほれ、泣いてちゃ分からねえだろうが」

「そうでェ。ここで親分に逢ったが、もっけの幸い。話しちまいな、楽になるぜ」

金太が差出《さしで》する。

「この頓痴気《とんちき》が！　てめえは余計な口を挟むんじゃねえ」

亀蔵親分が金太の月代《さかやき》をぱちんと叩《はた》いた。

「おっ、痛《いて》ェ。酢《す》を買っちまったよ」

「いいから、おめえら先に帰《けえ》ってろ。俺《おり》ャ、おさわと蕎麦《そば》でも食ってくらァ」

亀蔵親分に追い立てられ、金太は肩を竦《すく》めると、おっ、お邪魔虫、行こうぜ、と利助を促し、懐手《ふところで》にした両袖《りょうそで》を揺らしながら、去っていった。

「今、泉岳寺門前町《せんがくじもんぜんちょう》の御用《ごよう》が終わったばかりだ。丁度《ちょうど》良かったぜ。小腹《こばら》が空《す》いちまってよ、つき合ってくれ」

亀蔵親分はそう言うと、おさわの返事も待たずに、車町の蕎麦屋に向かって、大股《おおまた》に歩いていった。

「どしてェ、食わねえのか」

亀蔵親分はつるつると胸の透《す》くような音を立てて盛り蕎麦を平《たい》らげると、おっ、もう一《いち》枚《めえ》くんな、と小女《こおんな》に声をかけ、おさわを見やった。

胸が一杯で、とても喉《のど》を通りそうになかった。

「親分……」

おさわは縋《すが》るように、親分を見た。

「話してみな。金太じゃねえが、楽になるぜ」

亀蔵親分は一瞬なくなったかと思えるほど小さな目を、更《さら》に細めて、笑った。

この目に出合うと、心に秘めたものを洗いざらい吐き出してしまいたくなるから、不思《ふし》議《ぎ》である。

おさわは雀村塾であったことを、一切合切《いっさいがっさい》話した。

「なんでェ、そんなことか。いい話じゃねえか」

亀蔵親分は口を挟むこともなく、蕎麦を啜《すす》りながらおさわの話を聞いていたが、蕎麦湯を飲み干すと、そう言った。

「おめえ、陸郎を漁師にだけはならせたくないと思っていたのだろう？　学問好きで賢《さと》い陸郎を、鳶《とび》が鷹《たか》を生んだようだと自慢してたのは誰でェ。陸郎が学問の道に進むのを誰よりも望んでいたのは、おめえだろうが。だったら、悦《よろこ》んでやりな」

「悦んでいます。悦んでるけど、でも……」

「おめえが母親だという顔が出来なくなるのが、気に入らねえんだな。だがよ、今後のことを考えなくちゃなんねえ。いつまでも書生にしておくのは惜《お》しい器《うつわ》だからこそ、先生は陸郎を更に高めようと、ご尽力《じんりょく》下すった。学問の上で更なる上とはなんだ？　昌平坂学問所で立派な成績を上げることだろうが。それには、陸郎の立場を確立しておかなくちゃなんねえ。川口屋の養子とは願ってもない話じゃねえか。御家人株、大いに結構。当世《とうせい》、金を持っている者がお大尽《だいじん》よ。見ろ、権現《ごんげん》さま以来の旗本《はたもと》だ、御家人だとえばっていた侍《さむれえ》が、金のためには未練《みれん》もないとばかりに、武家の家格を捨てているご時世《じせい》だ。家柄《いえがら》や身分や名前なんぞ、今となっては、何ほどのものでもねえ。単なる符帳《ふちょう》よ。金のある者、頭の切れる者、力のある者が勝つ。陸郎は頭脳を買われたのだ。頭脳を楯《たて》にして立身して何が悪かろうよ。おめえだって、それが解っている。解っているが、陸郎と縁が切れてしまうようで、それが遣《や》り切れないのだな」

おさわはこくりと頷《うなず》き、溜息《ためいき》を吐いた。

解っているのだ、何もかも……。

だが、自分の望んだこととはいえ、なんだか陸郎が遠く離れていくようで、遣り切れないのである。

「おさわよ、考えてもみな。今までだって、おめえがお袋だと、大きな顔をして前に出ていたわけじゃなかろうが。だったら、これからも、そっと陰から見守ってやるんだな。なんといっても、おめえと陸郎は血を分けた母子だ。この繋がりは消えるわけじゃなかろう。陸郎にしても、今後自《みずか》らの立場を確立し、主《あるじ》としての自信がついてみな、決して、生みの親を粗末にゃ扱わねえだろうよ。まっ、長い目で見てやるこった」

「へっ、解りました。ああ嫌だ、嫌だ。全《すべ》て自分が選んだことなのに、いざとなったら、先生の奥さまや、逢ったこともない川口屋のお内儀《かみ》さんや娘に、修羅《しゅら》を燃やす自分がそこにいる。どっとしないったらありゃしない。済んません。忘れて下さい、今言ったこと」

おさわは深々と頭を下げた。

「どうでェ、吐き出してしまったら、腹が空いただろ？　食いねえ、蕎麦を。おっ、もう伸びちまったかな」

おさわは勧《すす》められるまま、箸《はし》を取った。

ひと口、口に含んでみる。

だが、蕎麦のつるりとした食感は既に薄れ、旨《うま》いのか旨くないのか、それすら感じない。

「ところで、陸郎が川口屋の養子に入るのはいつだ」

「…………」

おさわは口に含んだ蕎麦を、慌てて飲み下した。

「なんでェ、知らねえのか」

「へえ……」

おさわは目を瞬《しばた》いた。

そう言えば、綾女はいつとは言っていなかった。

とても尋ねる雰囲気ではなかったとはいえ、なぜ、自分はそのことに気づかなかったのだろうか……。

第一、陸郎を奥さまの遠縁として川口屋の養子に入れるとして、あの子の人別帳《にんべっちょう》は……。

だが、その疑問には、亀蔵親分がしごくあっさりとした口調で、答えた。

「なに、人別帳なんぞ、どうとでもなるのさ。ましてや、近藤さまはお武家だ。島津《しまづ》さまの信頼も篤《あつ》いと聞くしな、妻女の遠縁といえば、詮索《せんさく》する者はいないだろうよ。が、まあ、今後どういう運びになるのか、おめえだって気になろうて。解った。俺が雀村塾に探りを入れてみよう」

「親分……」

おさわは箸を飯台に戻すと、亀蔵親分を睨めつけた。

「やっぱり、あたしは陸郎にとって、恥ずかしい存在なんでしょうか」

亀蔵親分は小さな目を目《め》一杯《いっぱい》見開いた。

獅子《しし》っ鼻《ぱな》まで膨らんでいる。

「たわけを！　寝惚《ねぼ》けたことを言うもんじゃねえ。おめえがいなきゃ、陸郎はこの世に生まれてこなかったのだぞ。十三で雀村塾に入るまで、おめえが糟喰の亭主を抱《かか》えて、どんだけ苦労したか、陸郎が知らぬわけがあるまいが。感謝してるさ。心の中で手を合わせてるに違《ちげ》えねえ。金輪際《こんりんざい》、恥ずかしいなんてことを言うもんじゃねえ！」

亀蔵親分に一喝《いっかつ》され、おさわは亀のように首を竦めた。


「そうですか。それでこのところ、おさわさんの元気がなかったのですね」

おりきは衣被《きぬかつぎ》の皮を剝《む》くと、手塩皿《てしおざら》に載せて、どうぞ、と亀蔵親分に差し出した。

「こいつァ、旨い里芋《さといも》だ。おりきさん、あたしにもお代わりをいただけませんかな」

八卦見の妙斉が、空《から》になった皿を長火鉢《ながひばち》の猫板《ねこいた》に戻し、襟《えり》についた口調で、催促《さいそく》する。

チッと、亀蔵親分が舌打ちした。

「日頃は食が細い、腹の具合がとかなんとか抜かしやがって、へっ、ただ飯と聞けば、いくらでも腹に入るってか」

妙斉が憮然《ぶぜん》としたように、親分を鋭い目で見返す。

「失敬な！　あたしの食が細いのも、胃《い》の腑《ふ》が敏感なのも、本当のことですよ。ただね、この衣被はとろりと口の中で蕩《とろ》けるようで、それだけ、あたしの味覚《みかく》や胃が繊細《せんさい》ということの証《あかし》ではありませんか」

「へん、意地汚ないだけの話じゃねえか」

「親分、言いすぎですよ。よいではないですか、衣被はまだこんなにありますのよ。わたくしも、妙斉さまに気に入っていただけて、嬉《うれ》しいですわ」

おりきは亀蔵親分を目で押さえると、妙斉の皿にも、皮を剝いた衣被を載せてやる。

亀蔵親分が言うように、妙斉は食が細かった。

蕎麦など、大概の者が二枚や三枚、掛けなら二、三杯も食べなければ納得《なっとく》しないが、妙斉は半分も食べられない。

それでも無理に平らげようとすると、優《ゆう》に、四半刻《しはんとき》（三十分）以上かかってしまうのである。

「へん、食べ終わらねえうちに、蕎麦が伸びちまわあ」

亀蔵親分などはそんな妙斉をせせら笑うのだが、妙斉は何を言われても意に介さず、平然とした顔をしていた。

「人の身体というものは、必要に応じて食い物を要求します。あたしにゃこれで充分です。ご覧《らん》なさい。健康なことこの上ない。大体、江戸者は食い過ぎです。粋《いき》がって、二杯も三杯も蕎麦を啜り、酒を食らい、宵越《よいご》しの金は持たねえとくる。そういう奴らに限って、中《ちゅう》気《き》で寝たきりになってみたり、早死《はやじに》するのです。人間、腹八分《はらはちぶ》。これが肝心《かんじん》です」

妙斉は八卦見に来た客を相手に、最後は決まってそう締《し》め括《くく》るのだった。

言葉通り、妙斉は無駄《むだ》な肉は一切身につけておらず、火箸《ひばし》に目鼻といった風体《ふうてい》をしていた。

ところが、これが至《いた》って病知《やまい》らずときて、真夏の油照《あぶらで》りする最中《さなか》も、極寒《ごっかん》の凍《い》てつく最中も、雨が降ろうが風が吹こうが、南本宿の高札場《こうさつば》脇《わき》に坐っているのである。

そんな妙斉の唯一《ゆいいつ》の気伸《きのばし》が、立場《たてば》茶屋おりきで茶を飲むことだった。

八ッ（午後二時）過ぎ、昼の書き入れどきがひと段落した頃やって来て、それも、茶屋に上がるのではなく、旅籠《はたご》の帳場で、おりきに茶の接待を受けながら、小ぶりの握り飯一つに沢庵《たくあん》といった弁当を遣うのである。

亀蔵親分にはそれが気に食わないようであった。

たまに、昼下がりに手隙《てすき》になって、おりきの顔を見ようと旅籠に出かけてみると、決まって、妙斉が我が家のような顔をして、長火鉢の傍《そば》に坐っているのである。

今日も、妙斉が弁当を遣い、おりきの淹《い》れてくれた茶を飲んでいるところに、亀蔵親分がやって来た。

親分は妙斉の顔を見ると、蕗味噌《ふきみそ》を嘗《な》めたように顔を顰《しか》めたが、腹の中では、おさわ母子のことをおりきに言いたくて、うずうずしていた。

しかも、陸郎の名づけ親は、妙斉である。

「なんと妙斉よォ、おさわの息子がどうなったか知ってるかよ」

亀蔵親分はそんなふうに切り出したのだった。

ところが、親分があらまし話し終えたところに、おうめが茹《ゆ》でたてで湯気の立ち昇《のぼ》る衣被を、鉢に盛って運んできてからというもの、心なしか、親分の旋毛《つむじ》が曲がり始めたのである。

どうやら、おりきが皮を剝いた衣被を、最初に妙斉の皿に置いたのが、原因らしい。

「それで、親分は近藤さまに詳《くわ》しいことをお訊《き》きになったのですか」

おりきは建水《けんすい》に急須《きゅうす》の茶殻《ちゃがら》を空《あ》けると、新しく、煎茶《せんちゃ》を淹れた。

「ああ、訊いた。ところがよ、驚いたのなんのって、陸郎は一月《ひとつき》も前に小石川片町に行っていた」

「…………」

「…………」

おりきと妙斉は顔を見合わせた。

「つまりよ、川口屋との養子縁組はとっくの昔に終わっていてよ、現在《いま》は、御家人株を譲《ゆず》り受けるために、黒田某《なにがし》というお武家との養子縁組を幕府に願い出て、承認待ちの状態というじゃねえか。開いた口が塞がらねえとはこのことよ。おさわは事後承諾《じごしょうだく》ってわけよ」

「まあ……」

おりきが眉根《まゆね》を寄せる。

我勢者《がせいもの》で、小柄《こがら》だが、日に焼けた肌の中で、黒目がいつも活《い》き活きと輝いていたおさわ……。

立場茶屋おりきでは、魚は本船町《ほんふなちょう》の魚河岸《うおがし》か芝の雑魚場《ざこば》で仕入れていたが、鯵の干物と海苔は例外であった。

五年ほど前になるだろうか。

おりきが帳場から出てくると、板場《いたば》の勝手口から板脇《いたわき》の市造《いちぞう》のがなり声が聞こえてきた。

何事かとおりきが板場に入っていくと、市造が漁師の女房といった風体の女に、罵声《ばせい》を浴びせているところだった。

「おめえ、ここがどこだか解ってんのかよ！　料理宿としちゃ、ちょいと名の通ったおりきだ。おりきがどこの誰だか分からねえ担《にな》い売りの魚なんぞ、使うわけがなかろうが。ふん、いい根性してるじゃねえか、おばさんよ！」

頭ごなしに市造に怒鳴《どな》りつけられ、小柄な女の身体はますます小さくなった。

「お待ち！　市造、おまえはなんてことを言ってるのですか。おまえ、魚を見て、そんなことを言ってるんだろうね」

おりきは市造を制すと、女に魚を見せてごらん、と言った。

女は恐縮したように肩を竦め、棒手振の蓋を開けた。

「おや、活魚《かつぎょ》ではなくて、干物ですか」

それは、目が黒々として、肉厚な鰺の干物であった。

「海苔もあります」

女が蚊《か》の鳴くような声で呟いた。

「おやまあ、この海苔もきめ細《こま》やかで、肉厚だこと！　黒々としているではないですか。まあ、香りも良いこと。磯《いそ》の香りがいたします。これはおまえさまが作ったのですか？」

「へえ……」

女はまるで叱《しか》られたかのように、深く項垂《うなだ》れた。

それが、おさわであった。

以来、鰺の干物と海苔だけは、おさわから買うことにしていた。

食材には口煩《くちうるさ》い巳之吉《みのきち》も、朝餉《あさげ》は市造に任せているせいか、殊更《ことさら》差出しようとしなかった。

あるとき、おりきが、

「亀蔵親分から聞きましたが、おさわさんの息子さんて、優秀なのですってね」

と声をかけると、おさわは実に嬉しそうな顔をした。

目尻《めじり》が下がり、弛《ゆる》んだ頬からは、至福がひしと胸を打つほどに、伝わってきた。

あれが母の顔なのだ……。

おりきの胸にも、熱いものが込み上げてきた。

そのおさわの頬に、このところ、翳《かげ》りのようなものが浮いていた。

何事かあったのだろうか……。

おりきもおさわのことは気にかけていたのである。

「それでは、あまりにも、おさわさんがお気の毒ではないですか」

「まあな。だがよ、事後承諾だろうと、おさわには口を挟む余地はなかった。まっ、有《あ》りの儘《まま》は話せねえがよ。いずれ、陸郎が正真正銘のお武家になって、川口屋の娘と祝言《しゅうげん》を挙げるときがこよう。おさわには、その日を知らせてやれば、それでいいのと違うかな」

「だが、祝言の日取りを知らせたところで、おさわが呼ばれることはないでしょうな」

妙斉が総髪《そうはつ》にした頭を、扇子《せんす》の先で、ぽりぽりと掻く。

「まっ、無理だろうな」

亀蔵親分も顰《しか》み面《づら》で言う。

「どうにかならないものでしょうかね、親分」

おりきはおさわが不憫《ふびん》で堪《たま》らなかった。

母親として参列するのは無理だとしても、せめて、ひと目、息子の晴れ姿を見せてやりたい……。

「これぱかりは、いかに女将《おかみ》さんに頼まれたところで、俺の力じゃ、どうにもならねえ」

亀蔵親分が太息を吐き、おりきも妙斉もつられて、深々と息を吐いた。

するとそのとき、旅籠の玄関から、親分、亀蔵親分はいなさるか、と甲走《かんばし》った声が飛んできた。

「なんでェ。あの声は金太か。しょうがねえな、無粋《ぶすい》な野郎が！」

亀蔵親分は吝《しわ》い顔をしたが、つと、立ち上がった。

立ち上がりながら、無意識に、腰に差した十手に手が伸びている。

岡っ引きの習性で、金太の声に、事件の匂《にお》いを感じたようである。


それから一刻《いっとき》（二時間）後、今度は、おりきに呼び出しがかかった。

「女将さん、相済《あい》みやせんが、南本宿の昇福楼《しょうふくろう》までお越し願えませんか」

小太りで色が白く、どこかぼってり者《もん》を想《おも》わせる利助は、よほど息せき切って駆《か》けてきたのか、膝《ひざ》に手を当て、ぜいぜいと肩で息を吐いている。

昇福楼とは、一刻ほど前、亀蔵親分が駆けつけた遊郭《ゆうかく》である。

「わたくしが？」

おりきは訝《いぶか》しげに、利助を見た。

「男が匕首《あいくち》を持って、飯盛女《めしもりおんな》を人質に立て籠《こ》もりやして。何しろ、人質となった吉野太夫《よしのたゆう》は昇福楼きっての売れっ子で、看板女郎《かんばんじょろう》に疵《きず》がついちゃなんねえと、昇福楼の御亭《ごてい》が半狂乱でやして……。親分や店頭《たながしら》、消炭《けしずみ》たちが、部屋の外から男を説得するんでやすが、一歩でも中に入ったら、吉野太夫の顔を切り刻むと息巻いてやして、おてちんだ。そんで、親分が女将さんなら男も気を許し、説得に応じてくれるかもしんねえと言いなすって……。そんなわけでやす。お越し願えませんか」

「解りました」

おりきは利助に案内《あない》され、昇福楼へと急いだ。

昇福楼は南本宿の問屋場《といやば》の斜交《はすか》いにあった。

見世《みせ》の前は野次馬《やじうま》でごった返し、問屋場役人や町代《ちょうだい》たちが刺股《さすまた》や突棒《つくぼう》を手に、人の出入りを食い止めている。

が、町代の一人がおりきを認めると、さっ、早く、と人溜《ひとだまり》を掻き分け、中に引き入れた。

ところが、見世の中はやけに静まり返っていた。

張見世《はりみせ》に坐るおじゃれ（飯盛女）の誰もが、固唾《かたず》を呑んで、二階座敷の気配を窺《うかが》っている。

まるで、ひと言でも喋《しゃべ》ると、次は自分にお鉢が廻ってくるかのように、怯《おび》えていた。

亀蔵親分が足音を忍ばせるようにして、二階から下りてくる。

親分はおりきの肩を抱くようにして、籬《まがき》の陰に寄せると、

「済まなかったな。今、事情を説明するからよ」

と囁《ささや》いた。

「奴め、南駅《なんえき》（品川宿）で女郎を買うにゃ、揚代四寸《あげだいよんすん》（四百文）と聞いてきたんだな。腰に素《す》一本《いっぽん》を巻きつけてやって来た。ところがよ、風体がいかにいっても風吹烏《かざふきがらす》よ。ざんばら髪に乞食仕立の襤褸《ぼろ》に腰簑《こしみの》を纏《まと》ってよ、そら、消炭が腰を抜かすのも無理はねえ」

亀蔵親分は獅子っ鼻をぷくりと膨らませた。

「門前払いをしたのですね」

おりきがそう言うと、親分は、うむっ、と唸《うな》り、やり口が汚《きたね》え、と吐き出すように言った。

男は籬に顔をくっつけるようにして、張見世を覗《のぞ》き込んでいたが、ふいに顔を上げると、見世の中に入ってきた。

魚の饐《す》えたような悪臭が、あたりに漂った。

消炭や遣手《やりて》が慌てたように飛んでくる。

「何かご用で……」

消炭が男の前に立ちはだかった。

「女《おな》ごを……。おら、あの女がええ」

男は張見世をさっと指差した。

五人ほどいた飯盛女がそそけ髪《がみ》が立ったように、白声《しらごえ》を上げる。

男が指差していたのは、吉野太夫であった。

「冗談を言ってもらっちゃ困りやす」

消炭が人相面《にんそうづら》に皮肉の嗤《わら》いを浮かべた。

「金なら、ほれ、ここにある」

男はそう言うと、腰に巻きつけた素一本を外《はず》した。

素一本というのは、穴のあいた四文銭《よんもんせん》を銭《ぜに》さしで百枚繫ぎ、棒状にしたものである。

つまり、男は四百文持っていると言ったのである。

「太《ふて》らっこいことを言ってもらっちゃ困りやすぜ。そら、小見世《こみせ》の値段だ。うちの太夫は全員七曜《しちよう》（七匁《しちもんめ》）以上。吉野太夫の揚代は十匁だ」

「十匁……。噓《うそ》こけ！　南駅じゃ、四百文もあれば女郎が買える。吉原《よしわら》までは手が届かねえが、おとっつァん、ひと晩この金で遊んできなと、息子がこつこつ溜《た》めた銭をくれたんだ！　おらの身形《みなり》が見窄《みすぼ》らしいからって、おめえ、馬鹿《ばか》にするんじゃねえ！」

男の日焼けした肌が、怒りで鉄色《てついろ》に染まった。

品川遊里《しながわゆうり》の揚代は大見世《おおみせ》で六百文（六寸）、中見世《なかみせ》五百文（五寸）、小見世四百文（四寸）が通り相場であった。

が、大見世の中でも、七曜といって七匁、最上位で、十匁取る女郎もいたのである。

「だからよ、爺《じい》さん。何遍《なんべん》言ったら解るんでェ。素一本で女を抱こうと思ったら、別の見世に行けってことなのよ」

消炭は木で鼻を括ったように言った。

「いんや。一生に一遍、岡場所《おかばしょ》に脚を踏み入れたんだ。おら、あの女ごがええ」

「置《お》きゃあがれ！　何遍も同じことを言わせるんじゃねえ。とっとと帰《けえ》んな。おめえに見世に入《へえ》られたんじゃ、臭くて敵《かな》わねえ。ここはな、爺さん。てめえみたいな糞《くそ》のたれの来る場所《ところ》じゃねえんだ！」

消炭の言葉尻《ことばじり》が、次第に凄《すご》みを増してくる。

「臭《くせ》えだと！　見ろや、本音《ほんね》が出たじゃねえか。おら、ただで女を抱かせろと言ってるんじゃねえ。金は払うと言ってるんだ」

男はそう言うと、張見世に向けて歩きかけた。

女たちが悲鳴を上げて逃げようとする。

「待ちな、爺《じじい》！」

消炭が男の肩をぐいと摑《つか》んだ。

男は懐《ふところ》から匕首を取り出すと、消炭の手を払った。

見世の中は鼎《かなえ》の沸《わ》くような騒動となった。

女たちが算《さん》を乱《みだ》して、二階へと逃げていく。

吉野太夫の姿もその中にあった。

男は太夫のあとを追うと、襟ぐりをぐいと摑み、喉元《のどもと》に匕首を当てた。

「とまあ、こうなのよ。男は吉野太夫を人質に、二階部屋に籠もっちまった。踏み込もうにも、一歩でも近づくと、太夫の顔を切り刻んでやると息巻いててよ。昇福楼としちゃ、それだけは止めさせたいというのよ。まっ、看板女郎だからな。あの男、今となっちゃ、女を抱く気なんて持っちゃねえ。ただ、消炭に馬鹿にされたことで、頭に血が昇っているのよ。俺や近江屋《おうみや》の旦那《だんな》の説得じゃ、埒《らち》が明《あ》かねえ。そいでさ、女《おな》ごのおまえさんになら、あいつも心を開くのじゃないかと、ふっと、そんなふうに思ってね。どうだろう、おりきさん、頼まれちゃくれねえだろうか」

亀蔵親分が縋りつくような目で、おりきを見る。

「解りました。とにかく、やってみましょう。但《ただ》し、わたくしが二階で説得する間、親分たちは全員階下《した》に下りていて下さい。わたくしの背後に親分たちがいると思うと、あの方は心を開いてくれないでしょうから」

「おいおい、大丈夫《でえじょうぶ》かえ。女ご二人を相手に、奴は匕首を持ってるんだぜ」

「大丈夫ですよ。では、わたくしが合図するまで、絶対に、上がってこないで下さいましね」

おりきはそう言うと、二階に上がっていった。

入れ違いに、近江屋忠助《ただすけ》や金太、見世の者がぞろぞろと下りてくる。

男は二階座敷の一番奥まった部屋、吉野太夫の部屋に立て籠もっていた。

「わたくしは品川宿門前町《しながわしゅくもんぜんちょう》で立場茶屋を営《いとな》みます、女将のおりきと申します。知らせを聞いて駆けつけて参り、今、階下でひと通り成《な》りゆきを聞きました。見世の若い衆があなたさまに失礼な態度を取ったそうで、さぞや、ご立腹《りっぷく》のことと存じます。許してやって下さいませ」

おりきは廊下に坐り、襖《ふすま》の外から声をかけた。

「なんでェ。女ごか！　女ごがのこのことしゃしゃり出るもんじゃねえ。引っ込んでろ！」

「女ごと申しまして、わたくしも茶屋や旅籠を営み、使用人を束《たば》ねる立場です。どうか、わたくしをこの見世の主と思って、腹に溜まったことを吐き出して下さいまし」

「腹に溜まったことと？　そりゃ、おら、頭に来たのよ。おら、漁師だ。嬶《かかあ》に死なれて十五年になるが、おら、その間、一遍として遊んだこともなく、三人の子を育ててきた。二年前、ようやく娘が嫁に出てくれて、上の息子は鰹節問屋《かつおぶしどんや》に奉公《ほうこう》に出た。下の息子も、おらがおとっつァんの跡を継いで、漁師になってやる、と言ってくれてよ……」

襖の向うで、洟《はな》を啜る音がした。

「まあ、立派なお子たちをお持ちで、あなたさまは幸せ者ですね」

「そうよ。おら、いい息子や娘を持った。嬶が死んでも、男手《おとこで》ひとつで三人の子を育てた甲斐《かい》があった。今度もよォ、奉公に出た息子がよ、手代頭《てだいがしら》に出世してよ。おとっつァんには苦労をかけた。男盛りを遊びのひとつもしねえで、朝から晩まで働いてくれたんだもんなと、あいつがちまちま溜めた金をよォ、これで南駅で遊んでこいと、無理してくれたんだ。四百文しかねえけんど、この銭さしの穴あき銭の一枚一枚に、あいつの苦労と愛情が染み込んでるんだ。おら、大《てえ》して女を抱きてェと思ったわけじゃねえ。けどよ、考えたんだ。あいつの願い通りにしてやることが、子孝行《こうこう》ってものじゃなかろうかとな。それを、あの野郎、おらの形《なり》を見ただけで、馬鹿にしやがって！　おらがこの女がいいと言ったのも、なんとなく、死んだ嬶の面影があるからだ……。糞！」

「そうでしたか。おまえさまの気持はよく解ります。さぞや、悔しい想いをされたことでしょう。でもね、吉野太夫にはなんの罪もありませんのよ。放《はな》してあげて下さいませんか。それに、籠もっていても、解決にはなりませんわ。出ていらっしって、ここの御亭やわたくしと話し合いませんか」

「何言ってやがる！　そんな御為《おため》ごかしを言って、自身番《じしんばん》に突き出す魂胆《こんたん》だろう。そうは問屋《とんや》が卸《おろ》さねえ！」

「御為ごかしではありません。だって、あなたはまだ誰も傷つけているわけでもなく、物を盗《と》ったわけでも、毀《こわ》したわけでもありません。太夫を人質に部屋に籠もったといっても、見世の者に不手際《ふてぎわ》があり、それにあなたが腹を立てているだけですもの。確かに、見世を騒がせたという落度《おちど》はありますが、それはわたくしが皆さまに頭を下げ、説得して廻りましょう。決して、自身番に突き出すようなことは致しませんから、わたくしを信じて下さいませ」

「…………」

男は黙った。

「ねえ、どうかしら？　太夫を放してあげる代わりに、わたくしをそちらに行かせて下さいませんこと？」

「………」

「ほらあ、女将さんがああ言ってるだろう？　あたしを出しておくれよ！」

吉野太夫が甲張《かんば》った声を張り上げる。

「太夫にはわたくしたちに手出しをしないよう、親分に伝えてもらいますから」

「………」

「考えて下さいな。[illegible]のことを聞いて、一番哀《かな》しむのは誰かしら？　おまえさまの大切な息子や娘たちなんですよ」

「解ったよ……」

哀しむのは息子たちと言った言葉が効《き》いたのか、襖がすっと開いて、中から吉野太夫が飛び出してくる。

　おりきは身体をひらりと襖の中に入れた。

初老の男が窪《くぼ》んだ目をしわしわとさせていた。

おりきは男に歩み寄ると、その手から匕首を抜き取った。

男が、あっと、おりきを見る。

「大丈夫ですよ。約束は守ります。けれども、もう、こんなものは必要ありませんね？」

　男はがくりと肩を落とした。

十三夜《じゅうさんや》が終わり、品川宿門前町は心なしか、落ち着きを取り戻していた。

これで品川宿の三大月見行事が終わったことになる。

日は移ろい、このところすっかり、秋めいてきたように思える。

海から吹き上げる富士南《ふじなみ》（南西風）にも、冬の前触れか、冷ややかなものを感じ、妙国寺《みようこくじ》の背後に連なる山並は、ところどころ、赤や黄色、茶色に染まり、斑模様《まだらもよう》を織りなしていた。

「今年の後《のち》の月は、いい月見だったな」

亀蔵親分が焼き芋の皮を剝きながら言う。

「ああ、全くだ。これも、女将さんのお陰よ。あたしなんぞ、二十年この方、品川宿で辻占《つじうら》をさせてもらっていますが、初めて、月見らしい月見をさせてもらいました。ウッ……」

八卦見の妙斉は、芋が喉に支《つか》えたのか、喋りながら胸をポンポンと叩《たた》き、今では大噎《おおむ》せに噎せている。

「あらあら、さっ、お茶を」

おりきは慌てて、妙斉の湯呑に茶を注いだ。

「ヒャア、えらい目に遭《あ》った。死ぬかと思いましたよ。やはり、あたしにはこういった食い物は合いませんな」

妙斉は口に湿りをくれてやり、ひと息ついたのか、手にした焼き芋を鉢に戻した。

「へん、食いたいだけ食っといて、何が口に合わない。口に芋を詰めたまま喋ろうとするからよ。だがよ、妙斉の言うとおりだ。俺だってそうよ。日頃は御用に追われて、しみじみ月を愛《め》でるなんてことはなかったし、月見行事といえば、人出が多いだけに、事件も多い。朝から晩まで袖《そで》ヶ浦《うら》を駆けずり回って、おちおち月なんて見ちゃいられなかった。今度もよ、女将さんから立場茶屋おりきで後の月を一緒にどうかと誘われても、いつ呼び出しがかかるかしれねえだろ？　半分は諦めていたんだ」

「ところが、何も起きなかった。お陰で、親分も巳之吉の料理のお相伴《しょうばん》に与《あずか》ったわけだ。だが、それでいいんだろうか。女将さん、本当に、あたしたちはご馳《ち》になったままでいいんですかね」

妙斉がおりきに尋ねる。

「いいに決まってるでしょうが。こちらからお誘いしたのですよ。実を申せば、予約されたお客さまが突然お見えになれなくなったのです。早飛脚《はやびきゃく》が文《ふみ》を届けてきたのが七ツ半（午後五時）で、板場の仕込みは既に終わったあとでした。それで、突如、親分と妙斉さまの顔が浮かんだというわけですの。だから、気になさることはないのですよ」

「では、俺たちは、その予約を取り消した客に感謝しなくちゃなんねえな。だがよ、さすがに巳之吉だ。舌だけでなく、目も唸らせるたァ、大《てえ》したもんだ。俺《おり》ゃ、寿命が十年延びたぜ」

「ああ、全くだ。それに月見飾り、いや、お供えか。あれも実に見事だった」

「ああ、そうでした。あのお供えの柿と栗ですけどね。吉三《きちぞう》さんの息子さんが、先日の礼にと、持ってきて下さったものなのですよ」

「吉三？」

妙斉が目をまじくりとする。

「ほれ、先日、昇福楼に立て籠もった男がいただろう？　あの男が吉三よ」

亀蔵親分が割って入ってくる。

「ああ、あの男ね。なんでも、あの男、お構いなしになったのだって？」

「ああ。おりきさんのたっての頼みでな」

亀蔵親分がちらとおりきを見る。

その目は、全くおまえさんには困ったもんだぜ、と苦笑していた。

「だって、話を聞いてみれば、落度は昇福楼の若い衆にあるのですもの。確かに、四百文では昇福楼には上がれないでしょう。ですが、なぜ、もっと解りやすく説明してやらなかったのでしょう。吉三さんが遊里に脚を踏み入れたのは、初めてのことです。品川宿なら四百文で大丈夫だと聞かされ、固く信じていたのでしょう。昇福楼では別の見世に行くように勧めたと言っています。でもね、若い衆は侮蔑《ぶべつ》しきったように、吉三さんの身形《みなり》を見咎《とが》めました。吉三さんはそれを感じ取ったからこそ、見世の者の言葉を信じなかったのです。見窄らしい形をしているから、追い立てられるのだと……。吉三さんは自分のために業を煮やしたのではないのです。父親を遊里に行かせてやろうと、生爪《なまづめ》に灯《ひ》を点《とも》すようにして金を溜めてくれた、息子さんのために業を煮やしたのです。わたくし、その話を聞くと、もう……」

「そうよなあ……。俺もその話を聞いて、胸が詰まされたぜ。だがよ、全く、この女《ひと》は！　吉三を無罪放免にしてやってくれ。どうしてもしょっ引《ぴ》くというのなら、この自分をしょっ引いてほしいと、問屋場役人や町代たちに頭を下げて廻るじゃねえか。おりきさんに頭を下げられたんじゃ、誰も文句は言えねえわな。まっ、吉三も盗人《ぬすっと》を働いたわけでもなく、ただで女を抱いたわけでもねえ。怪我人《けがにん》も出ちゃいねえんだ。匕首を振り回し、乱《らん》を入れたにゃ違《ちげ》えねえが、それは立場茶屋おりきの女将の顔に免じて、見逃すよりしょうがねえだろうが」

「なんと、また、女将の武勇伝が増えたってわけですな。すると、このたびも、例のこれで？」

妙斉は片手で、当身《あてみ》を入れる振りをした。

柔術《じゅうじゅつ》のことを言っているのである。

「何を莫迦《ばか》なことを言っているのですよ。吉三さんはね、そんなことをしなくても、とっくに改心していましたよ」

「ですがね、あたしゃ、ひとつ引っかかることがあるんですよ。なぜ、あの男、匕首なんて持っていたのでしょうかね。漁師で、遊びには一切無縁の男が……。しかも、遊里に来るのに匕首は要《い》らないでしょうが」

妙斉の言葉に、亀蔵親分がふんと鼻で嗤う。

「妙斉よォ、鬼の首でも取ったかのような言い方をするんじゃねえ。誰だって、一等最初に、それを疑問に思うさ。ところがよ、あの匕首、昼前《ひるめえ》から北本宿の傍示杭《ぼうじくい》脇《わき》に転がってたんだとよ。何人もの者が見ている。だが、気味悪がって、誰もが見て見ぬ振りをしてたんだな。そこへ、八ツ過ぎ、吉三が通りかかった。吉三は不審に思い、番屋《ばんや》に届けようと、懐に入れた。ところが、北から南へと見世を物色しながら歩いているうちに、ころりと匕首のことは忘れちまった。昇福楼で、消炭と帰《けえ》れ、帰らねえ、とやり合っている最中《さいちゅう》、ふっと、懐の匕首を思い出した……。とまあ、こういうわけよ」

「なんだか、出来すぎた話じゃありませんか。女将さんはその話を信じなさるので?」

妙斉がおりきの顔を窺う。

「ええ、信じます。吉三さんは匕首なんか持っていなかったそうです。親父は竿《さお》と網しか縁のない男です。そう、柿を持ってきてくれた息子さんが言っていました。親孝行のつもりでしたことが、こんな騒動になってしまい、申し訳なかったと、何度も何度も、頭を下げましてね。ほんと、いい父子《おやこ》ですわ」

おりきは目を細めた。

お店者らしく、伊勢縞《いせじま》に献上博多《けんじょうはかた》をきりりと締めた、吉三の息子の姿が甦《よみがえ》る。

「いい親子といえば、その後、おさわ母子はどうなりましたかな」

「おう、そのことよ。なんでも、幕府の許可が下りたようでな。同時に、黒田某は隠居の身となった。これで、陸郎は晴れて御家人黒田陸郎となったわけだ。となると、川口屋の娘との祝言も、案外早くなるかもしれねえな」

「来月の二十日だそうです」

「おりきさん、おめえ、どこでそれを……」

亀蔵親分が驚いたように見る。

「実は、川口屋さんには随分《ずいぶん》前から贔屓《ひいき》にしていただいていますの。巳之吉の料理を大層気に入って下さいましてね。親分から話を聞いた後、少し、探りを入れてみました。無論、おさわさんのことは何も言いませんよ。ただ、近々《ちかぢか》、珍重事《ちんちょうこと》がおありとお聞きしましたが、と水を向けてみましたの。すると、川口屋さんのほうから、このたび娘がお武家に嫁ぐことになりましてね、とそれはそれは嬉しそうに話して下さいました」

「そうけえ……。が、来月の二十日と言ャ、もう一月《ひとつき》もねえ。さあて、このことをおさわにどう話せばいいんだ……」

亀蔵親分が苦《にが》りきった顔をする。

「そのことなのですがね。わたくしに一計《いっけい》がありますの」

おりきがそう言うと、亀蔵親分が獅子っ鼻をぷくりと膨らし、妙斉が、ほほう……、と身を乗り出した。

十月二十日は、どこか春を想わせる、麗《うらら》かな日和《ひより》であった。

それでも町木戸の開く頃には幾分《いくぶん》うそ寒さを感じたが、祝言を挙げる昼前には、気忙《きぜわ》しく動き廻ると、じわりと肌に汗が滲《にじ》むようだった。

「おさわさん、そのように緊張しなくてもよろしいのよ。台の物を運ぶだけなのですから、おうめのすることをよく見ていて、その通りにすればいいのです。けれども、まあ、おまえさま、お仕着せがよくお似合いだこと。なんだか、渋皮《しぶかわ》が剝けたようで、あなたは本当はお綺麗な方なのよ」

おりきがそう言うと、おさわは薄化粧《うすげしょう》し、紅《べに》を差した顔を、恥ずかしそうに俯けた。

小石川片町、川口屋の厨《くりや》である。

厨の中では、板頭《いたがしら》の巳之吉を始め、板脇の市造、煮方《にかた》、焼方《やきかた》、追廻《おいまわし》と、まるで、立場茶屋おりきがそっくりそのまま移ってきたかのように、忙しげに祝膳《いわいぜん》の仕度に取りかかっていた。

婚礼の祝膳を巳之吉にやらせてもらえないかと、川口屋栄左衛門《えいざえもん》に頼んだのは、おりきである。

栄左衛門は巳之吉の腕に惚《ほ》れ込んでいたので、即座に、快諾《かいだく》してくれた。

祝言があるのは昼時《ひるどき》である。

予《あらかじ》め、旅籠の夕膳《ゆうぜん》の仕込みを済ませておけば、小石川から帰ってからでも、宿に支障は出ないだろう。

幸い、この日、旅籠の予約は三組しか入っていなかった。

問題は巳之吉であったが、巳之吉は婚礼の祝膳と聞いて、一度やってみたかったのだ、と表情の乏《とぼ》しい顔に、珍しく、笑《え》みを浮かべた。

これで、あとは、晴天を祈るばかりであった。

何しろ、品川宿と小石川を食材や調理道具を持って往復するのである。荷馬車を利用するにしても、雨が降れば、動きも鈍《にぶ》る。

巳之吉は何度も川口屋に通い、打ち合わせを繰り返した結果、食材は全て品川から運び、器や膳などの什器《じゆうき》け、川口屋所蔵のものを使うことにした。

器にこだわりを持つ巳之吉である。

その巳之吉が、川口屋の什器を吟味《ぎんみ》して帰ってくるや、目を輝かせて、

「さすがに大店だ。大《てえ》したもんですぜ。あれを見たら、腕が鳴りやす」

と言ったのである。

おりきにはある企図《きと》があった。

膳や御酒《ごしゆ》を運ぶ女中の中に、おさわを潜り込ませ、息子の晴れ姿を、しっかとその目に焼きつけさせようと思ったのである。

だが、おさわは頑《かたく》なに固辞した。

「滅相《めっそう》もない。あたしなんぞの出る幕じゃございません。あたしは息子の祝言の日取りが判《わか》れば、それでもう充分です。十月二十日、祝言を挙げるその時刻、天王社《てんのうしゃ》に詣《まい》って、陸郎のために祈ります。北に向かって、手を合わせます。それでいいんです」

「でもね、生きて逢えるのは、もしかすると、これで最後になるかもしれないのですよ。そのためにも、陸郎さんの晴れ姿を、しかと目に焼きつけて、陸郎さんをここまでにしたのは自分なのだと、自負心《じふしん》を持って、これから先、生きていってほしいのです」

おさわは考えているようであった。

「そうですよね。女中の中に紛《まぎ》れていれば、あたしだってことは分かりませんよね。先生の奥さまだって、まさか、女中姿のあたしに気づかないですよね」

おさわはつと目を上げると、そう言った。

が、その顔には、まだ不安が漂っていた。

「けんど、粗野《そや》なあたしに、女中の仕事が務まるでしょうか。海に潜ったり、天秤棒を担ぐ仕事しか出来ないあたしだ。ああ、どうしよう……」

「では、二、三日、旅籠の仕事を手伝ってみますか？　そうすれば、手順や要領が分かるでしょう。勿論《もちろん》、お手当《てあて》は払います」

そうして、おさわは三日ほどおうめの指導のもと、膳運《ぜんはこ》びや給仕のやり方を覚えたのである。

「たった今、三三九度《さんさんくど》の盃《さかずき》が交わされました」

座敷近くで待機していたおうめが、戻ってくる。

「そう。お燗《かん》はついていますね。では、皆さん、参りましょうか」

おりきの音頭《おんど》で、女中たちが盆に熱燗《あつかん》を載せ、次々に、廊下を渡っていく。

おさわはしんがりを務めた。

盆を持つ手が顫えた。

しくじってはならない。目立ってもならない。

粗相《そそう》のないよう務め、ほんのひと目、陸郎の晴れ姿を見ることが出来れば、それでいい……。

おさわは懸命に務めた。

広間の奥まった位置に金屏風《きんびょうぶ》を巡《めぐ》らせ、その前に、紋付羽織袴姿《もんつきはおりはかますがた》の陸郎が坐り、白無垢《しろむく》に綿帽子《わたぼうし》の花嫁《はなよめ》が見えた。

花嫁の顔は綿帽子に隠れて見えないが、おりきの話では、川口屋の下の娘が、陸郎の嫁になったようである。

おさわは末席《まっせき》の給仕に当たることになっていたので、酌《しゃく》をしながらも、時折、何気《なにげ》ない素《そ》振《ぶ》りで、奥を見た。

陸郎は凜々しげで、どこから見ても、今や立派な武士であった。

おさわの胸が熱いもので一杯になり、それは瞬《また》く間に、鼻腔《びこう》の奥から眼窩《がんか》へと衝き上げていく。

だが、おさわは懸命に堪え、泣くもんか、泣くもんか、と胸の内で呟いた。

一度だけ、陸郎の視線を感じたことがある。

宴《えん》もたけなわとなり、おさわが熱燗を手に、厨から戻ってきたときのことである。

襖を閉め、盆を手に立ち上がろうとしたとき、ふっと、誰かに瞠められている、と感じた。

それまでは、空いた器を下げたり、羹《あつもの》を配膳したり、酌をして廻っても、誰もおさわに気を留《と》めようとしなかった。

顔すら見ようとしなかったのである。

おさわは伏し目がちに、陸郎を窺った。

やはり、陸郎であった。

陸郎がまるで何か語りかけるように、おさわに目を据《す》えていたのである。

おさわは目を上げた。

遠く離れていたが、二人の視線は絡《から》まった。

ほんの一瞬のことではあったが、確かに、陸郎は目で、おっかさん、有難うよ、と語っていた。

おさわも見返した。

何言ってんだよ。せいぜい気張《きば》って、立派な侍になるんだよ。けど、身体だけは達者《たっしゃ》でな……。

おさわはそう目で伝えた。

その夜、猟師町に帰ったおさわは、四ツ（午後十時）過ぎまで、海辺を彷徨った。

満潮が近いのか、波が岩場をぷちぷちと打っていた。

潮は満ちても、引いていく……。

おさわの目に初めて涙が盛り上がった。

けどさ、引いても、また満ちてくるんだ……。

涙があとからあとから衝き上げてくる。

いいさ、今夜だけ、泣こう……。

そして、明日から、また元気に働くんだ。


「女将さん、先日は、本当にお世話になりました。お陰さまで、息子に別れを告げることが出来て、もう何も思い残すことはありません」

五日ほどして、おさわは獲りたての鮑を持って、おりきを訪ねた。

「思ったより元気そうではありませんか。驚きましたわ。翌日から、もう立売に出ているそうですね」

「働かないと、食っていけませんから」

「おさわさん、どうかしら? あなたさえ良ければ、この旅籠で働いてみませんこと? 此中《このじゅう》、おまえさまの働きぶりを見て参りましたが、覚えが早いとおうめも感心していました。今後は、自分一人の口を漱《すす》げばよいのですもの、ここで働いたほうが、身体も楽なのではないかしら」

おさわは何を言い出すのかといったふうに、目をまじくりさせた。

「いんえのう。あたしは海が好きですけえ……」

そう答えたが、おさわはふっとおかしくなった。

あれほど漁師の家に生まれたことを恨《うら》めしく思い、我が子だけは別の道をと願った自分が、今、海が好きだと答えている……。

けれども、それが、あたしの道なんだ。

陸郎は陸郎の道。あたしはあたしの道を歩いていけばいい……。

「そう。では、無理には勧めないけど、気が変わったら、いつでも言って下さいな。おさわさんの席は、空けて待っていますからね。そうそう、実はね、文を預かっていますのよ」

おりきはそう言うと、帳箱《ちょうばこ》の中から、封書《ふうしょ》を取りだした。

「文……」

「そう。誰からだと思います?」

「まさか……」

「その、まさかですよ。わたくし宛《あて》に届きましたので、開いてしまいましたが、すぐに、これはおまえさま宛なのだと気づきました」

文字の読めないおさわを気遣《きづか》い、陸郎がおりきに宛てて書いたのであろう。

「お読みしましょうね」

おさわは啄木鳥《きつつき》にでもなったかのように、何度も何度も頷いた。

陸郎の手紙には、おさわへの感謝の気持が切々《せつせつ》と述べられていた。

母親に無断で養子縁組したことを詫び、祝言の席で、おさわを母親として紹介出来なかったことを詫びていた。

だが、今はまだ黒田家の家長《かちよう》となったばかりで、武士としての実績もない。いずれ、自分に自信が持てるようになったとき、義父《ちち》や妻に有りの儘を話すつもりである。どうか、それまで待って下さいますよう。必ず、母と共に暮らせるように致します……。

そう書かれていた。

「なんてまあ、立派な息子さんでしょう。おさわさん、これでまた、生きる目標が出来ましたね」

おりきの言葉に、おさわの頰をつっと涙が伝った。

陸郎、あの莫迦たれが……。

陸郎、陸郎、あの莫迦たれが……。

おさわは首を振りながら、止め処《ど》もなく、涙を流し続けた。

侘助

早いものである。

ついこの間鏡開きをしたばかりというのに、今日はもう、小正月《こしょうがつ》である。

立場《たてば》茶屋おりきの板場《いたば》では、朝から女中頭《じょちゅうがしら》のおうめやおきわたちが、小豆粥《あずきがゆ》に入れる団《だん》子《ご》作りにじりじり舞いをしていた。

何しろ、朝餉《あさげ》の配膳《はいぜん》や給仕など、通常の務めを縫《ぬ》っての作業であるから、慌ただしいことこの上ない。

おうめなど、つい癇《かん》が立ってか、二階から膳を下げてきたおみのに向かって、

「何をぼんやり突っ立っておいでだい。客室からいつお呼びがかかってもいいように、おまえは二階廊下に控《ひか》えていなきゃ駄目《だめ》だろうに！」

と鳴り立てるが、板前たちは追廻《おいまわし》に至るまで、そんなおうめを後目《しりめ》に、誰も助け船を出そうとしなかった。

彼らには分担があり、客に出すためでない小豆粥には、たとえ、おうめの目が吊《つ》り上がろうと、業《ごう》を沸《わ》かそうと、見て見ぬ振りを通すのである。

茶屋や旅籠《はたご》には盆も正月もなかった。

年中三界《ねんじゅうさんがい》、応接に暇《いとま》がない。

殊《こと》に、二季《にき》の折れ目は怱忙《そうぼう》を極《きわ》め、使用人たちがおちおち食事も摂《と》れない忙しさなのである。

だが、折々の祝儀《しゅうぎ》や行事の雰囲気だけでも、使用人たちに味わわせてやりたい……。

先代の女将《おかみ》はそう考えたのであろう。

大晦日《おおつごもり》には茶屋が山留《やまどめ》になったあと、茶立女《ちゃたておんな》や板場の衆に年越し蕎麦《そば》が振る舞われ、旅籠は旅籠で、客の夕膳の片づけが終わったあと、おりきの締めの言葉と共に、蕎麦が出されるのだった。

同様に、正月元旦《がんたん》には、雑煮《ぞうに》と屠蘇《とそ》が、七日の人日《じんじつ》には七草粥《ななくさがゆ》、十一日鏡開きは鏡汁《かがみじる》、十五日がせち汁か小豆粥と、つい通《とお》りの祝儀ものが、振る舞われることになっていた。

だが、それでなくても、板前たちは客用の料理ばかりか、賄《まかな》い食の仕度《したく》で手一杯である。

そこで、使用人の祝儀ものだけは、茶立女や女中たちが用意することになったのである。

「おっ、小豆粥か。旨《うま》そうじゃねえか」

おうめが粥の入った大鍋《おおなべ》を、よいしょと竈《へっつい》から下ろそうとすると、背後から声がかかった。

板場の暖簾《のれん》から、亀蔵《かめぞう》親分が首を突き出している。

「おい、おめえ、落っことすんじゃねえぜ。なんでェ、この板場にゃ男はいねえのかよ。女《おな》ごが重い鍋を持ち上げようとしてるんだ。ちょっくり手を貸したところで、減るもんじゃねえだろうに！」

亀蔵親分が追廻の半次《はんじ》を睨《にら》みつけた。

「いいってことですよ。これはあたしの仕事ですから」

おうめはつるりとした顔で言うと、もう一度、気合を入れるようにして、鍋を持ち上げた。

少し腰がふらついたが、鍋は難《なん》なく竈から離れ、おうめは屈《かが》み込むようにして、土間に下ろした。

こうしておけば、五ツ半（午後九時）頃、もう一度、温め直せば事が済《す》む。

午後からは巳之吉《みのきち》が板場に入り、夕膳の仕込みで板場は汲々《きゅうきゅう》とする。

やはり、朝餉の配膳を終えた今しか、粥を仕込むことは出来なかった。

作りたてより幾分《いくぶん》味が落ちるが、それはそれで仕方がない。

だが、おうめにしてみれば、なんだかもうひとつ、しっくり折り合わなかった。

「そうだ、親分。小豆粥を上《あ》がりますか？」

おうめは立ち上がると、親分に声をかけた。

「そいつァ有難《ありがて》え。だがよ、こりゃ、おめえらの食《く》い物だろうが。俺《おれ》がのっけに箸《はし》をつけるたァ、なんだか尻《しり》こそばゆいぜ」

「いいんですよ。作りたてですもの。やっぴし、あたしだって、作りたてを食べてもらいたいですよ」

「そうけえ。では、ご馳《ち》になるとしようか。ところで、女将さんは？」

「あらっ、帳場にいらっしゃいませんでしたか」

「覗《のぞ》いてみたんだが、誰もいなかったぜ」

「じゃ、茶屋のほうかしらん……」

朝食どきに、女将が客室に上がることはない。

おうめは怪訝《けげん》そうに首を傾《かし》げた。

「たった今、茶屋を通ってきたんだが、茶屋にゃいなかったぜ」

「そうですか。では小豆粥を帳場までお持ちしましたら、あたしが捜して参りましょう。親分は粥を食べていて下さいな」

おうめはそう言うと、雑煮用の大ぶりの椀《わん》に、小豆粥をたっぷりと注《つ》いだ。

おりきが帳場に戻ってきたのは、亀蔵親分が椀に残った粥を、ずずっと音をたて、啜《すす》り上げたときだった。

「おや、親分。いらっしてたのですか」

亀蔵親分は口から椀を外《はず》すと、悪餓鬼《わるがき》が悪戯《いたずら》を見咎《みとが》められたかのように、へへっと首を竦《すく》めた。

「おうめがよ、どうでも粥を食べてけと言うもんでよ。意地汚《いじきたね》え話よ。朝飯を食ったばかりというに、ちょび食《ぐ》いしちまった」

「どうぞ、ご遠慮なく召し上がって下さいな。あら、お代わりは？」

「腹中満々《ふくちゅうまんまん》。もうひと粒も入《へえ》らねえ」

「では、お茶を淹《い》れましょうね」

おりきは手にした侘助《わびすけ》の枝を、手桶型《ておけがん》の花入れに挿《さ》すと、長火鉢《ながひばち》の前に坐《すわ》った。

「この冬はどういうわけか花をつけるのが遅くて、ようやく二輪、蕾《つぼみ》をつけましたの」

「なんでェ、庭に出ていたのか」

「茶室の脇《わき》の、あまり陽《ひ》の当たらない場所に植えてありましてね」

白く、まだしっかりと花弁を閉じた侘助が二輪、手桶の中で恥じらんだように、首を項垂《うなだ》れている。

「ところで、親分。何かご用がおありになったのではありませんか」

おりきが湯呑《ゆのみ》に焙《ほう》じ茶を注《そそ》ぐと、出花《でばな》の香《こう》ばしい香《かお》りが、つんとあたりに漂った。

「おお、そうだった。ゆるかしこく粥など食ってる場合じゃなかったぜ。驚くなよ、女将。悠治《ゆうじ》の野郎、殺されちまったぜ」

亀蔵親分は芥子粒《けしつぶ》のような目を、一杯に見開いた。

「悠治……。おまきを置き去りにした、あの男ですか」

おりきは胸を衝《つ》かれたように、急須《きゅうす》を盆に戻す。

「あの野郎、深川《ふかがわ》でも似たようなことをやらかしてよ。ところが、相手が悪かった。検校《けんぎょう》の手懸《てかけ》と色事出入《いろごとでい》りした挙句《あげく》、おまきのときと同じよ。なんのかんのと言葉巧みに団子にし、女に百両の金を持ち出させようとしてよ。おまきで味をしめたんだろうな。一旦《いったん》、濡《ぬ》れた袖《そで》の女《おな》ごだ。思い通りに操《あやつ》れると思ったのだろうて。ところが、そうそう言う目は出ねえわな。女ごのほうが上手《うわて》だった。先手《せんて》を打って、検校に悠治から脅《おど》されていると泣きついたんだな。検校の周囲《まわり》にゃ、お先狐《さきぎつね》のごろん坊《ぼう》が屯《たむろ》してらァ。奴め、簀《す》巻《ま》きにされて、大川《おおかわ》に放《ほう》り込《こ》まれちまった」

「まあ……」

おりきは絶句《ぜっく》した。

悠治はおまきを唆《そそのか》し、岡崎の小間物屋《こまものや》油屋《あぶらや》から八十両持ち出させた後《のち》、この立場茶屋おりきに置き去りにした、酷薄《こくはく》な男である。

おまきはそのために、死のうとまでしたのである。

その男が、再び同じ手口で女を騙《だま》そうとして、結句《けっく》、女に煮《に》え湯を飲まされた……。

自業自得《じごうじとく》とはいえ、憐《あわ》れといえば憐れであった。

「おまきの件以来、本所相生町《ほんじょあいおいちょう》の辰吉《たつきち》親分に探りを入れてもらってたんだがな、佃島《つくだじま》の浜に簀巻きにされた土左衛門《どざえもん》が上がったというじゃねえか。なんだか知らねえが、親分の勘《かん》が働いたんだな。親分から知らせを受けて、昨日、佃島まで行ってきた。けどよ、俺《おり》ゃ、奴の顔を知らねえ。よほど、おまきを連れて行こうかと思ったんだが……」

「親分、それだけは！」

おりきは悲痛の声を上げた。

この上、おまきの心を傷つけたくはない。

「おう。だからよ、おまきを連れて行くのは止めたのよ。取り敢《あ》えず、俺が行ってみて、何か手掛かりがあればそれでよし。なければないで、捜すまでよ……。そんなふうに思ってな」

「では、その男が悠治かどうか分からないのですか？」

「いや、さすがは相生町の親分だ。悠治が女としけ込んだ裏茶屋《うらぢゃや》を突き止めてよ。悠治は偽名《ぎめい》を使っていたが、岡崎の出で、江戸には小間物屋を出すためにやって来た、と言っていたらしい。しかもよ、悠治の胴巻《どうまき》から、伊勢屋《いせや》の銘《めい》が入った袱紗《ふくさ》が出てきたっていうじゃねえか。伊勢屋といえば、悠治が手代《てだい》をしていた岡崎の小間物問屋《こまものどんや》だ。まっ、これだけ証拠が挙がれば、今さら、おまきに身元を確認してもらうまでもねえ。実を言うと、俺ャ、おまきが無理なら、おりきさん、おまえさんに面《めん》を通してもらおうかと思っていたんだぜ」

亀蔵親分が照《て》れたように笑う。

「では、悠治の亡骸《なきがら》は？」

「さあてね。本湊町《ほんみなとちょう》あたりの投込寺《なげこみでら》にでも葬《ほうむ》られたんだろうて」

「親分、お手数でしょうが、悠治の葬られた寺がどこだか、調べていただけないでしょうか」

おりきは縋《すが》るような目で、亀蔵親分を見た。

「そいつァ構わねえが、調べてどうするよ」

「せめて、線香の一本でも手向《たむ》けてやりとうございます」

おまきを誑《たぶら》かした男とはいえ、これではあまりにも無情すぎる。

「さてもさても、これぞ、立場茶屋おりきの女将！　人は情《なさけ》の器物《うつわもの》。人を思うは身を思うってことか」

「何言ってるんですよ。けれども、親分。このことは、おまきに内緒にして下さいね」

「解《わか》ってるよォ！」

亀蔵親分の獅子《しし》っ鼻《ぱな》がぷくりと膨《ふく》れた。


近江屋《おうみや》の下足番《げそくばん》が、忠助《ただすけ》の伝言を持ってやって来たのは、その日、八ッ（午後二時）を廻《まわ》った頃だった。

西国《さいごく》から来た侍《さむらい》を一人、泊めてくれないかというのである。

「うちは丁度《ちょうど》ひと部屋空《あ》いていますので構いませんが、おたくでは満室なのですか？」

おりきがそう言うと、下足番は、いんや、と首を振った。

「おや、それなのに、わたくしどもに？」

多少訝《いぶか》しく思ったが、忠助の紹介である。

恐らく、どこかで巳之吉の評判を聞き、立場茶屋おりきは一見客《いちげんきゃく》を取らないのを知って、間《あいだ》に近江屋を立ててきたのであろう。

そんなことは珍《めずら》しくないことであり、おりきは快《こころよ》く承諾《しょうだく》した。

下足番の話では、侍の名は井上玄蕃《げんば》。六ッ（午後六時）頃、宿に入るという。

おりきはおうめを呼び、浜木綿《はまゆう》の間《ま》を点検するよう指示すると、巳之吉と献立《こんだて》の打ち合わせに入った。

「お幾《いく》つでやすか、そのお武家は」

巳之吉に言われ、おりきは、あらっ、と首を傾げた。

忠助の紹介にしては、全《まった》く、要領が摑《つか》めない。

西国の侍というだけで、藩の名も知らされていなければ、井上玄蕃なる人物が、若者なのか年配なのか、それすら判《わか》らないのである。

仮《かり》に、六十近い老人だとしたら、献立にそれなりの配慮が必要となる。

巳之吉はそのことを指摘しているのだった。

今宵《こよい》の夕膳で主菜となるのは、鯛《たい》の筏焼《いかだやき》である。

これは丸ごと一匹の鯛を三枚に下ろし、半身《はんみ》を二《に》寸幅《すんはば》の切身《きりみ》にして塩焼にし、頭と骨のついた部分を筏とみなし、形良く筏の上に盛りつけた料理である。

残りの半身は鰤《ぶり》と共に刺身《さしみ》にし、客が筏焼を食《しょく》したあと、頭と骨が吸物《すいもの》になる。

こうして丸々一匹の鯛を食してしまうのだが、少なくとも、三人以上の客でなければ、とても食べきれるものではなかった。

「確か、磯波《いそなみ》のお客さまはご夫婦でしたね。磯波には何をお出しするつもりですか」

「へっ、珍しく、太刀魚《たちうお》が入りやしたんで、蠟焼《ろうやき》をと考えてやすが……」

「太刀魚が！　まあ、本当に今の季節にしては珍しいこと。だが、おまえ、蠟焼とは、手の込んだことを……」

おりきがそう言うと、巳之吉は得意気《とくいげ》に鼻蠢《はなおご》めかした。

蠟焼とは、三枚に下ろした太刀魚の身を、竹串《たけぐし》にぐるぐると巻《ま》いていき、竹串を回しながらまんべんなく焼き、八割方焼けたところで酒を振り回し、溶《と》いた卵黄を塗《ぬ》って、焼くこと三回。

片ときも目の離せない、作業であった。

焼き上がりに竹串を抜き、皿に盛った太刀魚は、一見《いっけん》して、太刀魚とは判別がつかないほど、黄金色《こがねいろ》に光り輝いている。

しかも、ふわりと口の中でとろける食感や、嚙《か》むほどに深みの出る風味合《ふうみあい》は、堪《こた》えられない。

「そうね。西国の方ですと、太刀魚はさほど珍しくはないでしょうが、蠟焼なら、お年寄りにも若い方にも、口に合いましょう。では、磯波と浜木綿は太刀魚の蠟焼をお出しするとして、ほかに問題はなかったでしょうね」

「それが、大ありでやして」

「………」

「味噌汁椀に鰻汁《うなぎじる》を予定しておりやすが、蠟焼とでは、取り合わせが今ひとつ気に入りやせん。それで、磯波には、鰻汁の代わりに鴨汁《かもじる》。刺身には、鯛の代わりに鮑《あわび》をと思ってやしたが、どうでやしょ、浜木綿も一人客となれば、つっくるみで三人だ。いっそのやけ、もう一匹鯛を捌《さば》いて、刺身と吸物に使わせてもらえないでしょうか」

巳之吉が何を言い出すのかと気を詰めていたが、おりきは胸を撫《な》で下ろした。

仕入値も全て呑《の》み込んだ、巳之吉のことである。

「そう、それは良い思いつきだこと。食材のことはおまえに任せています。好きなようにおやりなさい」

これで旅籠のほうは、今宵も満室である。

おりきは茶屋の様子を窺《うかが》おうと、中庭に出ていった。

七ッ（午後四時）近くになるのだろうか。

冬ざれた庭は薄墨色《うすずみいろ》に包まれ、橙《だいだい》の実も、心なしか黒ずんで見えた。

その中で、寒雀《かんすずめ》が数羽、玉砂利《たまじゃり》に嘴《くちばし》を入れ、何やら頻《しき》りに啄《ついば》んでいる。

冬の雀は人をものとも思わない。

おりきが敷石を踏み締め、茶屋に歩いていっても、チュンチュン囀《さえず》りながら、羽ばたこうともしなかった。

書き入れどきを過ぎた茶屋は、昼の喧噪《けんそう》が嘘《うそ》のように、深閑《しんかん》としていた。

板場脇の通路では、板前や追廻たちが土間の上に腰を下ろし、手持ち無沙汰《ぶさた》に煙管《きせる》を吹かしたり、口っ叩《たた》きしている。

が、おりきの姿を認めると、全員が釣瓶立《つるべだ》ちとなった。

おりきはそんな男衆《おとこし》に、いいのよ、と目まじすると、板場の中を覗いた。

板場では、およねを先頭に、茶立女たちが小豆粥作りに大わらわであった。

が、その中に、おまきの姿は見当たらない。

どうやら、おまきは手隙《てすき》になった大広間を任されているようである。

するとそのとき、配膳口《はいぜんぐち》から、おまきが首を突き出した。

「およねさん、お客さまです！」

おまきの甲張《かんば》った声に、およねがちっと舌打ちをする。

「客が来たからって、逐一《ちくいち》、報告することないじゃないか」

およねは渋面《じゅうめん》を作って振り向いたが、勝手口におりきの姿を認めると、ぺろりと舌を出し、首を竦めた。

だが、広間のほうがやけに騒然としている。

と同時に、通路に出ていた板前や追廻が、我先にとばかりに、板場の中に入ってくる。

およねや茶立女たちも、尻に火がついたように、広間へと駆けていった。

おまきが悲鳴を上げたのも無理はなかった。

広間は江の島詣《もうで》の一行で、満席となっていた。

一行の大半が女性であるところを見ると、どうやら、女講中《おんなこうじゅう》のようである。

女たちの手にした傘《かさ》に、三本杵《さんぼんきね》と角木瓜《かくもっこう》の紋が見える。

江の島の弁財天《べんざいてん》は音曲界《おんぎょくかい》の信者が多く、この一行は、長唄《ながうた》と常磐津《ときわづ》の講中《こうじゅう》と思えた。

揃いの縞縮《しまちり》に緋《ひ》色《いろ》の蹴出《けだ》しを臆面《おくめん》もなく露《あら》わにし、島田崩《しまだくずし》に結った髪型まで同じときては、銘々《めいめい》に注文されたのでは、区別がつかない。

だが、さすがに、およねは手取者《てとりもの》であった。

「宰領《さいりょう》さんはいらっしゃいませんか」

およねが大声を張り上げた。

宰領とは、一行の代表者のことである。

すると、四十絡《がら》みの、ぼってりとふくよかな女が、はあい、と手を上げた。

およねが寄っていく。

「いかがでございましょう。極力《きょくりょく》、注文の品を揃えていただけますと、こちらと致しましては、有難《ありがた》いのですが……。いえ、何も、全員同じものというわけではありません。幾品《いくしな》かに分けていただいて、そちらさまで数を言っていただけると、助かりますが」

およねが宰領の女に、小声で囁《ささや》く。

「あい、承知。そなえに心配しなくてよござんすよ。あちしら全員、同じもの。ほれ、着物《べ》も髷《まげ》も持ち物まで……」

女は、ホホホホッ、と白声《しらごえ》で笑った。

つられて、あちこちから嬌声《きょうせい》が上がり、それはまるで渦《うず》を巻くように、広がっていった。

結局、五十名ほどいた女たちの注文は、鴨蕎《かもそ》麦《ば》に決まった。

だが、そうなると、それはそれで大変である。

「さあてね、五十人分の鴨が間に合うかな？」

茶屋板頭《いたがしら》の弥次郎《やじろう》は頭を抱《かか》えた。

極力、注文の品を揃えてくれと言った手前、今さら、人数分の鴨が用意できないとは言えなかった。

「あたし、旅籠に鴨がないか訊《き》いてきます！」

弥次郎の言葉が聞こえたのか、おどおどと配膳口から板場を覗き込んでいたおまきが、ひょいと素《す》っ頓狂《とんきょう》な声を上げた。

弥次郎が苦々《にがにが》しそうに、吝《しわ》い顔をする。

巳之吉に借りを作りたくないのであろう。

だが、おまきはそんな弥次郎の反応《はんのう》など気にも留めず、もう駆け出している。

おりきは苦笑して、あとに続いた。

確かに、旅籠には鰻汁の代わりにしようとした、鴨がある。

だが、一刻者《いっこくもの》の巳之吉である。

おまきの手に負えないのは、目に見えていた。

やはり、ここは女将の自分が後押ししてやらなければ……。

ところが、おまきはいとも軽々と、旅籠から鴨を借りてきたのである。

おまきが巳之吉にどんな手を遣《つか》ったのか、定かでない。

巳之吉は何事もなかったかのように、いつもの表情の乏《とぼ》しい顔つきをし、おまさはおまきで、鴫を貸して下さい。明日の仕入れで、必ずお返し致します、と正直に頼んだだけです、とこれまた、けろりとした顔で答えたのである。

だが、どっちにしても、茶屋の窮状《きゆうじよう》が救えたことは、確かである。

おまきが立場茶屋おりきに来て、はや半年……。

品川の海に身を投《とう》じようとしたおまきが、ここまで茶屋に馴染《なじ》んでくれ、今や、なくてはならない存在となっていたのである。

おりきの胸が、ぽっと熱いもので覆《おお》われていった。

「今宵は立場茶屋おりきをご利用下さいまして、誠《まこと》に有難うございます。わたくしが女将を務めます、おりきにございます」

おりきは襖《ふすま》を閉めると、つつっと膝行《しつこう》し、行灯《あんどん》の手前で、深々と辞儀《じぎ》をした。

「おお、やはり、雪乃《ゆきの》どのだ。雪乃どの、それがしに見覚えはござらぬか」

男の声に、おりきはえっと顔を上げた。

大番頭の達吉《たつきち》から、浜木綿に井上玄蕃が入ったと聞かされ、おりきはそれとなく井上の風体《ふうてい》を確かめたのだが、達吉は三十絡みの凜々《りり》しいお侍でございます、と答えただけであった。

その井上なる人物が、おりきがまだ雪乃と呼ばれていた頃の、自分を知っているとは……。

「驚かれたようですね。無理もございません。あれから八年になりますか……。それがしもこのところ道場とはすっかり疎遠《そえん》になり、腹のあたりに贅肉《ぜいにく》がついてしまいました。三十路《みそじ》を越えてからと言うもの、面変《おもが》わりも甚《はなは》だしいことこの上なく、雪乃どのがお分かりにならないのも当然です。新起倒流立木道場《しんきとうりゅうたちきどうじょう》で、お父上に稽古《けいこ》をつけていただいた、酒巻《さかまき》一彌《かずや》にございます」

「酒巻さま……」

おりきは瞠目《どうもく》した。

いきなり雪乃の名を呼ばれ、挙措《きょそ》を失ってしまったが、成程《なるほど》、こうして改めて見れば、二十歳《はたち》の頃の瑞々《みずみず》しさこそ失われているが、中高《なかだか》で、彫りの深い顔立ちは、酒巻のものに違いない。

「驚きました。お名前が……」

「ああ。実は、数年前、馬廻組小頭《うままわりぐみこがしら》井上玄蕃どのの娘御《むすめご》と祝言《しゅうげん》を挙げましてね。つまり、井上の婿《むこ》に入ったわけです。同時に、玄蕃どのは隠居され、それがしが家督《かとく》を継ぎました。井上では、代々、家長《かちょう》が玄蕃を名乗ることになっていまして、それで、現在《いま》はそれがしが井上玄蕃を名乗っています」

「さようにございますか。それはそれは、祝着至極《しゅうちゃくしごく》に存じます。で、この度《たび》は江戸表《えどおもて》に御用で？」

「いえ、帰国するところです。実は、それがし、特別任務を賜《たまわ》り、一年の江戸詰《えどづめ》をして参りましたが、ようやく、妻子のもとに帰ることになりました。本来ならば、品川宿は打越《うちこし》して、保土《ほど》ヶ谷《や》か戸塚《とつか》あたりまで行きたかったのですが、江戸《えど》藩邸《はんてい》に出入りする紙問屋《かみどんや》より、品川宿《しながわしゅく》門前町《もんぜんちょう》に気扱《きあつかい》が良く、料理の旨い旅籠があると聞きましてね。紙問屋和泉屋《いずみや》が言うには、女将というのが、花に譬《たと》えれば、白い侘助か梅鉢草《うめばちそう》。一見、儚《はかな》げに見えるが、芯《しん》に凜然《りんぜん》とした強さを秘め、どうしてどうして、なかなかの勇《いさ》み肌。誰にでも慈愛深く手を差し伸べるが、こと、悪の輩《やから》には、断固として立ち向かう……、と女将の武勇伝を幾《いく》つも聞かされましてね。なんでも、柔術《じゅうじゅつ》らしき技《わざ》を遣うというではないですか。その話を聞いて、それがしは胸が早鐘《はやがね》を打つのを感じました。江戸広しといえど、そうそう、女ごで太刀捕《たちどり》の出来る者はいないはずです。それがしが知っている女性は、雪乃どの、あなただけです。以来、あなたのことが気になってならなくなりました。それで、次に和泉屋が藩邸に参りました折、もう少し詳《くわ》しく、おりきという女将のことを聞き出してみました。それによると、現在《いま》の女将が品川にやってきたのが、八年前。その頃はおゆきと名乗っていたそうですね。先代の女将に気に入られ、二代目女将になったのが五年前。和泉屋もそれ以上詳しいことは分からないが、西国の、どうやら武家の出であるようだ……、そんなふうに言っていました。西国の武家の出で、品川宿に現われたのが、八年前。当身《あてみ》ばかりか、太刀捕まで出来る女性ときたら、雪乃どの、あなたしかいないではありませんか。八年前、あなたは忽然《こつぜん》と姿を消してしまわれた。あなたの身に何があったのか、推測でしか分かりませんが、恐らく、お父上亡きあと、立木道場の跡目《あとめ》を巡って、争いごとに巻き込まれてのことと考えていました。違いますか？」

「酒巻さま、いえ、井上さま、もうその話は……」

おりきはつと目を伏せた。

永く隠蔽《いんぺい》していた胸の古傷が、じくり、と疼《うず》いた。

「いや、失礼を致した。それがしは雪乃どのの古傷を抉《えぐ》るためにやって来たわけではありません。懐《なつ》かしかったのです。雪乃どのはあの頃道場の華《はな》でした。誰もの憧《あこが》れの的《まと》だったのです。ですが、それがしなどには頤《おとがい》の雫《しずく》。高嶺《たかね》の花と諦《あきら》めていました。だから、あなたの消息が分からなくなって、ずっと案じていたのです。今日は、雪乃どのの尊顔を拝すことが出来て、本当に良かった。お元気な姿が見られただけで、満足にございます。それに、評判の板前料理も食べられるのです。和泉屋から紹介状をと思ったのですが、それでは腹の底を読まれるようで、やはり、藩が定宿《じょうやど》にしている近江屋から紹介してもらうことにしました。ああ、思い切って、訪《たず》ねて良かった。本当に、良かった」

玄蕃が相好《そうごう》を崩す。

その顔に、ふっと、日向染《ひなたじ》みた瀬戸の風を感じ、おりきの胸に、懐かしさがわっと込み上げてくる。

「宜《よろ》しゅうございますか」

襖の外から声がかかった。

おうめの声である。

おりきはそっと立ち上がった。

おうめを先頭に、女中たちが一の膳、二の膳、三の膳と運んでくる。

おりきは深々と辞儀をすると、お入り、と襖の外に声をかけた。

「夕膳の仕度が出来たようです。どうぞ、ごゆっくり召し上がって下さいまし」

「雪……いや、女将。女将さんは食事の相手をして下さらないのですか」

玄蕃が拍子抜けしたような顔をする。

「申し訳ございません。わたくしはまだほかの部屋にも挨拶《あいさつ》をしなくてはなりません。この部屋の担当は、おみのが務めさせていただきます」

「だが、それではせっかく旧交を温めようと、わざわざやって来た、それがしの気持は……。だが、女将の務めを邪魔だてしても拙《まず》いし、そうだ、こうしましょう。女将さんには務めを全《まっと》うしてもらい、それがしは独《ひと》り寂《さび》しく、いや、このお女中がついていて下さるのだな。まっ、ともかく、もう一度、訪ねて下され。それなら、宜しゅうござろう?」

おりきはつと首を傾げた。

だが、玄蕃の縋るような目にぶつかると、無下《むげ》に断るわけにはいかなかった。

「解りました。では、食後のお茶をお持ち致しましょう」

おりきはそう言うと、廊下に出た。

「女将さんの知り合いなんですね、あのお侍」

おうめが顔色を窺うように、おりきを見る。

「ええ、まあね」

おりきは自分でも驚いたほど、ぞんな気な声で言った。

おうめもそれ以上詮索《せんさく》しないほうが無難《ぶなん》と思ったのであろう。おきわの背を押すようにして、階下へと下りていった。

その背を見送ると、おりきは千鳥《ちどり》の間へと向かった。


おりきが立木《たちき》雪乃《ゆきの》と名乗っていた頃のことである。

雪乃の父立木青雲斉《せいうんさい》は、西国の小藩で五十石を賜り、新起倒流柔術立木道場を創始した武道家《ぶどうか》であった。

青雲斉は元は大庄屋《おおしょうや》の次男坊《じなんぼう》である。

幼少の頃より、城下にて剣術の修業に励《はげ》んでいたが、十六歳のとき、更《さら》なる研鑽《けんさん》を積もうと、江戸に出た。

ところが、当時青吉《せいきち》と名乗っていた青雲斉の心を捉《とら》えたのは、今まで目にしたことのない、柔術なる武道であった。

ある日のこと、道場からの帰り道、青吉は三人の侠客《きょうかく》に絡《から》まれた、浪人者《ろうにんもの》に出会《でくわ》した。

男たちは揃いも揃って頬《ほお》に酷薄な嗤《わら》いを浮かべ、浪人者を取り囲むようにして、じりじりと迫っていた。

男たちの手では、匕首《あいくち》が不気味な青光りを放っている。

一方、尾羽《おは》打ち枯《か》らした浪人者といえば、腰に刀こそ帯《お》びているが、酒錆《さけさび》た顔に、腐りかけた鯖《さば》のような、澱《よど》んだ目をしている。

どう見ても、勝ち目はなさそうであった。

青吉は少し離れた位置で、刀の鯉口《こいぐち》を切った。

事情は定かでないが、一人に三人とは、いかにいっても、理不尽である。

青吉はすぐにでも助太刀《すけだち》に入れるよう、全身に気を入れた。

が、次の瞬間、あっと息を呑んだ。

匕首を振り翳《かざ》した男が、浪人者の懐《ふところ》に飛び込んでいったのである。

だが、浪人者は男の手首をぐいと摑《つか》むと、横に捻《ひね》った。

男の手から匕首がぽとりと落ちた。

すると、今度は、別の男が横から浪人者に斬《き》りかかっていく。浪人者は男の手首を捻り上げたまま、横から斬りかかってきた男に、爪先《つまさき》を飛ばした。

男がもんどり打って、倒れ込む。

浪人者は捻り上げた男の手を、反対側に捻り、転身《てんしん》して、投げを放った。

その動きは、見事といっていいほどの、早業《はやわざ》であった。

青吉が出る幕はなかった。

倒れた男二人は、地べたの上で鳩尾《みぞおち》を押さえ、のたうち回っている。

浪人者は三人目の男を睨《ね》めつけた。

腐った鯖のようだった目が、今では、蛇《じゃ》の目を灰汁《あく》で洗ったかのように、鋭く光っている。

三人目の男は後退《あとじさ》りした。

どうやら、闘《たたか》う意思は失せたようである。

浪人者はふんと鼻先で嗤うと、手を懐に戻し、袖で風を切るようにして、去っていった。

青吉は茫然自失《ぼうぜんじしつ》にその後ろ姿を見送っていたが、はっと気づくと、あとを追った。

それが脇坂軍兵衛《わきさかぐんべえ》との出会いであり、起倒流《きとうりゅう》柔術との出会いであった。

軍兵衛は親の代からの浪人者で、今ではとっくに仕官は諦め、口漱《くちすす》ぎに、出入師《でいりし》の真似《まね》事《ごと》をやっているのだと言った。

出入師とは、喧嘩《けんか》や争いごとの仲裁に入り、報酬《ほうしゅう》を得るのを生業《なりわい》とするが、どうやら、先日の立ち回りも、博打《ばくち》絡《がら》みの揉《も》め事らしかった。

だが、軍兵衛にはまた別の顔があったのである。

軍兵衛は、神田お玉が池近くに、起倒流柔術の道場を開いていた。

ところが、お玉が池といえば、目と鼻の先に北辰一刀流《ほくしんいっとうりゅう》の玄武館《げんぶかん》がある。千葉周作《ちばしゅうさく》の開いたこの道場は、剣術を目指す者なら、誰もが憧れる道場であった。門弟になろうと、武士ばかりか町人までが、門前に列を成《な》しているのである。

一方、軍兵衛のほうはといえば、朽ちかけた浪宅《ろうたく》に門弟は数えるほどで、まともに月並《つきなみ》銭《せん》も入らない。

だが、軍兵衛は信じていた。

剣術と柔術は表裏一体の関係にあり、柔術は剣の裏技。

つまり、剣を持たない剣術だと……。

剣を持てば、必然、相手を死に至らせるか、傷つける。

だが、殺傷することなく、相手に戦意を失わせることが出来たならば、双方、これほど結構なことはないのである。

無論、軍兵衛の剣の腕は、柳生新陰流《やぎゅうしんかげりゅう》で奥義《おうぎ》を得た腕であった。

その上で、無駄な殺傷をすることなく、相手が倒せたならば……。

軍兵衛はそう考えていたのである。

青吉は軍兵衛に心酔した。

早速、束脩《そくしゅう》を入れると、軍兵衛のもとで修業すること十年。

西国に柔術を広めよという軍兵衛の勧めもあり、青吉が帰国したのは、二十六歳のときであった。

青吉は帰国すると、瀬戸藩《せとはん》城下に、起倒流柔術立木道場を開いた。

掛費用《かかりひよう》は深江村《ふかえむら》の大庄屋を務める父青左衛門《せいざえもん》が出してくれ、当初、門弟は百姓や町人だけであったのが、二年もすると、武家の子弟たちが次々に門を叩くようになったのである。

だが、青吉は安閑《あんかん》としていなかった。

自《みずか》らの手で新しい技を、と日々研鑽に励んだのである。

そうして三年後、車返《くるがえし》、坂落《さかおとし》、水入《みずいり》など、新しい技を生み出した。

日ごとに、立木青吉の名声は広まった。

藩から招聘《しょうへい》がかかったのは、その頃のことである。

折しも、在国中であった藩主の前で、太刀捕の技を披露《ひろう》せよとのことだった。

青吉は無外流《むがいりゅう》、一刀流《いっとうりゅう》、直心影流《じきしんかげりゅう》の猛者《もさ》を相手に、無刀《むとう》で、見事に投げを放った。

常より、武術の奨励《しょうれい》に力を入れてきた藩主が、快哉《かいさい》を叫んだのは、いうまでもない。

青吉はほかの剣術師範《けんじゅつしはん》同様、藩士として、執《と》り立てられることになったのである。

名前も立木青雲斉と改め、同時に、新起倒流という新しい流派を立ち上げたのだった。

門弟の数は、ますます増えていった。

翌年、妻帯《さいたい》し、一粒種《ひとつぶだね》の雪乃にも恵《めぐ》まれた。

それから、二十年。

男子に恵まれないまま、青雲斉は既《すで》に五十路《いそじ》を越えてしまっていた。

そろそろ、立木道場の後継者を考えなければならない。

だが、雪乃に婿を取るとしても、武士ならば誰でも良いというわけにはいかなかった。

何より、道場を託《たく》すに相応《ふさわ》しい人物でなければならない。

青雲斉の見るところ、奥伝《おくでん》を授《さず》けた門弟の中で、跡を託すに相応しい人物は、真山東吾《まやまとうご》と藤田《ふじた》竜也《たつや》の二人だけであった。

幸い、二人とも、無役《むやく》の平藩士《ひらはんし》の次男、三男坊で、雪乃の婿にと言えば、悦《よろこ》んで受けることは目に見えていた。

何より、柔術に対する思い入れが強く、彼らも密《ひそ》かに跡目を狙《ねら》っているのが、手に取るように伝わってくるのである。

だが、肝心《かんじん》なのは、雪乃の想《おも》いである。

十五のとき母親を亡くし、以来、門弟の世話から家内のことまで、段取りよく、取り仕切ってきた雪乃である。

本人のたっての願いもあり、女ごの身で、柔術の稽古までしてきただけに、道場の跡目のことは、誰よりも解っているはずである。

ある日、青雲斉は雪乃の腹を確かめた。

「東吾も竜也も力は互角だ。が、人格的に見れば、これがまるきり対極にいる。東吾は倦《う》まず弛《たゆ》まずといった努力家であるが、ややもすれば、髭《ひげ》の塵《ちり》を払うようなところがある。わたしの機嫌買《きげんか》いにちりちりしているようでは、肝《きも》が小さいとしか言えぬからのう。そして、竜也よ。奴の才能は持って生まれたものだ。ところが、それが徒《あだ》となった。只取山《ただとりやま》の郭公がごとく、労せず何事も手に入ると思っている。しかも、あれだけの美丈夫だ。新地《しんち》あたりで遊興《ゆうきよう》に耽《ふけ》っているとか、後家《ごけ》の間男《まぶ》がいのことをやっているとか、あまり聞きたくない噂《うわさ》が耳に入るのでな。が、それも、竜也の立場がはっきりとしないからだろうと、良心的《りようしんてき》に考えてやろうではないか。そこでだ、雪乃。おまえの腹を確かめておきたい。おまえは東吾のことをどう思う？」

「実直《じつちよく》な方だと思います」

雪乃は間髪《かんはつ》を入れずに答えた。

「では、竜也は」

「…………」

言葉にならなかった。

雪乃はさっと目を伏せたが、言葉より確かな証《あかし》であろうか、雪乃の白い頬がひと刷毛《はけ》拭ったかのように、薄紅色《うすべにいろ》に染まった。

「ほう。おまえは竜也を好いておるのか」

その言葉に、雪乃はきっと目を上げた。

「好いてなんかいません！　あのようなふしだらなお方」

「…………」

青雲斉は雪乃を愛《いと》しそうに見た。

雪乃の目は、何か訴《うつた》えかけるように、黒く、深く、潤《うる》んだように光っている。

「では、やはり、勝負で片《かた》をつけるより仕方があるまい」

「試合の結果で、わたくしの夫が決まると言われるのですか！」

「それが一番良い方法だ。どちらが道場を継ぐことになっても、そのほうが蟠《わだかま》りがなく、後腐《あとくさ》れもないだろう」

「では、わたくしの気持は……」

「おまえは東吾は実直で、竜也はふしだらだと答えた。すると、おまえは東吾でいいと言うのだな？」

「いえ、それは……」

「では、やはり、勝負で選ぶより方法がなかろう」

雪乃はあっと父を見た。

青雲斉は、暗《あん》に、勝負には竜也が勝つだろう、と言っているのである。

二人の力量は互角といっても、道場主の座をかけての試合となれば、腹の据《す》わった者に勝算がある。

東吾を納得《なっとく》させたうえで、雪乃が想いを寄せる竜也を跡目につけるには、これしか方法がないと言っているのだった。

道場の跡目をかけた試合は、年が明け、小正月に行われることとなった。

ところが、その日を待たずして、大晦日《おおつごもり》の早朝、青雲斉が急死したのである。

五十二歳であった。

大雪となったその朝、青雲斉はいつものように寒稽古《かんげいこ》に出て、凍《い》てついた道場の板張りに倒れ込んだ。

まだ跡目が決まっていなかったので、門弟たちは上を下への大騒ぎとなった。

取り敢えず、正月三日に葬儀を出したのであるが、問題は小正月の試合である。

道主の面前で行われる勝負でなければ、跡目をかけた試合の意味を成さない。

雪乃では、その務めは果たせなかった。

だが、百名を超える門弟のためにも、一日も早く、後継者を決めなければならない。

遂《つい》に、藩が動き始めた。

執政間《しっせいかん》に、藩主が参勤《さんきん》を終え、国許《くにもと》に帰ってくる四月まで待ち、藩主上覧《じょうらん》のもと、試合をするのが筋《すじ》ではないか、という説が駆け抜け、城代家老《じょうだいがろう》も賛同したのである。

四月といえば、まだ三月《みつき》ある。

雪乃は居ても立ってもいられなかった。

道場の先行きを想うと、父親の死を素朴《そぼく》に哀《かな》しむ余裕《ゆとり》がないほど、千々《ちぢ》に心が乱れるのだった。

だが、その想いは、東吾にしても、竜也にしても、同じであろう。

節分を前にしたある日、東吾と竜也の二人が、肩を並べて、雪乃を訪ねてきた。

「道場の後継者争いが、いつの間にか、藩主上覧の御前試合《ごぜんじあい》となり、我々二人は些《いささ》か恐懼《きょうく》しております。何ゆえ、そこに雪乃どのの意思が介在されないのでしょう。雪乃どのがひと言、自分の夫、立木道場の後継者は、と宣言されればいいのです」

そう膝《ひざ》を詰めてきたのは、真山東吾であった。

東吾の庭下駄のように四角い顔に、髭の剃《そ》り跡が青々としている。

「本当に、わたくしが決めていいのでしょうか」

雪乃は凛《りん》とした目を、東吾に向けた。

「………」

東吾は挙措を失った。

「父は互いに蟠りが残らぬよう、勝負にて、と決めたのです」

「すると、雪乃どのは藤田が勝つとお思いですか！」

「いつ、わたくしがそのようなことを申しました？　勝負はやってみないと分かりません」

「だが、雪乃どの、お聞き下され。こやつには試合をする資格がないのです。藤田には言い交《か》わした女《おな》ごがいます。そんな男が、何ゆえ、雪乃どのと所帯《しょたい》が持てるのでしょう」

「待てよ、真山。何を言い出すかと思ったら、無体《むたい》なことを！　おぬし、何を証拠にそのようなことを」

竜也は狼狽《うろた》えた。

「無体だと？　ふん、雪乃どのの前で洗いざらい話してやろうか。雪乃どの、こいつには染川町《そめかわちょう》に女ごがいるのです。古手屋《ふるてや》の未亡人で、十歳も年上だ。亭主が死んだ翌日から夜這《よば》いを始めて、今では、自分が亭主気取りだというから、呆《あき》れたもんだ。二年ほど前だったかな、おぬし、俺に言っただろう？　今さら、武士に縋りついていてもどうにもならない。年中、懐不如意《ふところふにょい》で、ろくに旨い酒も飲めない。それより、金回りの良い町人の亭主に収まるほうが、どれだけ安気《あんき》か……。また、こうも言ったぞ。古手屋の後家は俺にぞっこんでな。亭主に収まってくれと、矢のように催促《さいそく》されて困る。仕方がないから、年が明けたら、と答えておいた。おまえも道場の後継者になろうなんて高望みは捨てて、膝枕《ひざまくら》に頬杖《ほおづえ》の出来る、そんな婿入り先を考えるんだな。おぬし、そう言ったのを忘れたか！」

東吾は目尻《めじり》を吊り上げて、口汚《くちぎたな》く竜也を責め立てた。

「ああ、言ったかもしれない。だが、それは二年も前の話だ。あの女とは、とっくに切れている。それに、俺は以前から雪乃どのをお慕《した》いしていたのだ。だが、どんなに慕ったところで、雪乃どのは立木先生の一人娘。所詮《しょせん》、叶《かな》わぬ恋と諦めて、つい自棄《やけ》になって、無茶なことをしてしまった……」

「ふん、それで、自分にも雪乃どのと夫婦《めおと》になれる機宜《きぎ》が巡ってきたとばかりに、古手屋の後家と手を切ったというのかよ。虫の良いことを！　雪乃どの、藤田竜也という男は、これほど汚れた男なのです。こんな男に資格があるとお思いですか！」

竜也が喉《のど》の奥で、グッグッと、蛙《かえる》を潰《つぶ》したような声を上げた。

「ああ、確かに、汚れている。汚れているが、雪乃どのを想う気持は誰にも負けない。俺は立木道場の後継者になりたいのではない。雪乃どのと夫婦になりたいのだ。真山、立木道場はおぬしに譲《ゆず》る。だが、雪乃どのは俺にくれ……」

「何を莫迦《ばか》な！　そんなことが出来るはずがなかろう。雪乃どのは立木先生の一人娘だ。雪乃どのと所帯を持って、初めて、道場の後継者とみなされる。その道理がおぬしに解らぬはずがなかろうが！」

「では、やはり、御前試合だ。俺は雪乃どのの夫になるために、必ずや、おぬしに勝つ！」

「もう、お止め下さい！」

それまで黙って、人のやり取りを聞いていた雪乃は、堪りかねて、口を開いた。

驚愕《きょうがく》とも哀しみとも違う、やり切れなさが、ふつふつと込み上げてくる。

男の持つ、醜《みにく》いほどの妬心《としん》や野望を、目の前で、辟易《へきえき》するほど見せつけられたのである。

しかも、その相手が、淡《あわ》い恋心を抱いていた、藤田竜也であるとは……。

なぜだろう。あれほど慕った竜也である。

それが、今、自分への想いを切々《せつせつ》と打ち明けられても、嬉《うれ》しいはずが、少しも嬉しくない。

寧《むし》ろ、自分のために、夫婦のように暮らしてきた女を切り捨てた、そんな竜也がおぞましい……。

一体、捨てられた女は、どうなるというのだろう。

だが、そうは思いながらも一方では、ついつい竜也の涼しげな瞳《ひとみ》に目を奪われてしまい、一瞬、きやりと胸の高鳴る、この苛立《いらだ》たしさ……。

「解りました。誤解されると困りますので、それがしも今はっきりと申し上げておきます。雪乃どの、それがしも道場のためでなく、あなたのために闘います。必ずや、勝ってみせましょうぞ！」

東吾が毅然《きぜん》と言い切った。

雪乃は、ああ……、と目を閉じた。

それから暫《しばら》くして、明日は節分という日であった。

喪中《もちゅう》なので、道場としては表立《おもてだ》った行事は何も出来ないが、せめて下男や婢《はしため》たちには、形だけでも厄払《やくばら》いしてもらおうと、雪乃は自ら竈の前に立つと、大豆《だいず》を煎《い》っていた。

するとそこに、門弟の一人が血相を変え、慌てふためいたように、飛び込んできた。

「大変です！　藤田どのが……」

門弟は唇を顫《ふる》わせ、あわあわわ……と口籠《くちご》もった。

「どうしました」

「藤田どのが亡くなりました」

雪乃の胸で、何かが炸裂《さくれつ》した。

手にした焙烙《ほうろく》を、思わず、竈に強く打ちつける。

きんと癇の立った音が響き、土間の上にぱらぱらと大豆が散っていった。

竜也は染川町の古手屋の寝屋《ねや》で、腹に匕首を突き立てたまま、果てていた。

見つけたのは、古手屋の婆《ばあ》やである。

明六ツ（午前六時）、婆やは寝間《ねま》を出た。

そのまま厨《くりや》に行き、竈の火を熾《おこ》すと、ちらとお内儀《かみ》の寝屋を窺った。

寝屋の襖はきっちりと閉まっており、物音ひとつしなかった。

まだお休みなのだ……。

婆やはほっと息を吐《つ》いた。

というのも、前夜、内儀のおくにと藤田竜也の激しく言い争う声を聞いたからである。

「この人でなし！　あたしをなんだと思ってるんだい。さんざっぱら、貢《みつ》ぐだけ貢がしといて、ほかに好いた女ごが出来たから、手を切りたいだって？　ふざけるんじゃないよ。第一、汚いじゃないか。昨日まで、おまえさん、そんなことはひと言だって言いやしなかった。それが、あたしが真山ってお侍から何もかも聞いたって言った途端《とたん》、済まない、切れてくれだって？　じゃ、あたしがその道場主の娘の話を耳にしていなかったら、おまえはあたしに内緒で、その女と所帯を持ったというのかい？　ふん、事後承諾《じごしょうだく》で、手も足も出ない状態にしておいて、あたしを諦めさせようと思ったってわけだ。冗談じゃないよ！」

「そうではない。おまえに言わなかったのは、まだ俺が雪乃どのと所帯を持てると決まったわけでも、道場の後継者になれると決まったわけでもないからだ」

「ふん、尚《なお》、悪いじゃないか。御前試合をして、仮に負けたとしたら、そのまま頬っ被《かぶ》りして、何事もなかったかのように、今まで通りあたしの情人《いろ》で通し、勝てば、紙屑《かみくず》同然、ぽいと、あたしを捨てるつもりだったんだ」

「済まない。試合の前には、何もかも正直に話すつもりだった。許してくれ……」

「許さないよ。許すもんか！　あたしゃ、おまえを放さないからね。おまえがいないと、生きていけない……。好きなんだよ。どうしても、どうしても、好きなんだよ……」

　おくにの激しく泣く声がした。

「解ったよ、解った。放しゃしないさ。俺だって、おまえにどれほど感謝していることか……」

「じゃ、さっき言ったことは嘘だね。道場主の娘に惚《ほ》れてるって言ったのは、嘘だね！」

「ああ……」

　そこで、二人の会話は跡切《とぎ》れた。

　なんだ、いつもの痴話喧嘩《ちわげんか》か……。

　婆やは安堵《あんど》し、床《とこ》に就《つ》いた。

　二人の痴話喧嘩は、今に始まったことではない。

　大概《たいがい》、竜也が町娘を振り返っただとか、蕎麦屋の小女《こおんな》に愛想《あいそ》が良すぎるとか、おくにが色男の竜也に肝精《きもせい》を焼いたもので、ひと晩しっぽり濡れの幕があったあとは、おくにの機嫌もけろりと治った。

婆やは昨夜の口争いも、その類《たぐい》だろうと思っていたのである。

ところが、六ツ半（午前七時）を過ぎても、襖の奥はひっそりと静まっている。

飯《めし》も炊《た》けたし、味噌汁も出来た。

婆やはそろそろ起こさなければと、襖の外から声をかけた。

だが、何度呼んでも、応答はなかった。

婆やはそっと襖を開け、ヒェッと、腰を抜かした。

化粧部屋《けしょうべや》と寝間との鴨居《かもい》に、おくにがだらりとぶら下がり、その奥に、腹に匕首を突き立て、血の海に横たわる竜也が見えた。

婆やは、自分は安堵して眠ってしまったので、その後何があったのか分からない、と自《じ》身番《しんばん》で答えたという。

虚《うつ》ろなままに、日は無情にも過ぎていき、雛《ひな》の節句《せっく》を迎えた頃、深江村から立木青左衛門が訪ねてきた。

青雲斉の父親は既に亡くなり、現在《いま》は、青雲斎の兄の青市《せいいち》が当主の青左衛門を名乗っていた。

「そろそろ、道場の跡目を藩に届け出ねばならない。喪中だが、その前に形だけの仮祝言を挙げ、喪が明けて、改めて、本祝言を挙げてはどうかと思うてな」

雪乃には伯父《おじ》に当たる青左衛門が、声作《こわづくり》すると、そう言った。

竜也の死と共に、御前試合は流れている。

必然的に、道場の跡目を継ぐのは、真山東吾と決まっていた。

「…………」

雪乃には何も答えることが出来なかった。

雪乃が逃げるようにして、藩を離れたのは、翌日のことである。

真山東吾がおくにを呼び出し、道場のこと、雪乃のこと、御前試合のことなど、何もかも洗いざらい話し、竜也に諦めさせるよう、おくにを説得したと聞き、雪乃は激しく東吾を怨《うら》んだ。

おくにを弄《もてあそ》んだ竜也を、許したわけではない。

だが、おくにの気持を想うと、なぜ、ほかの方法が取れなかったのか、何より、東吾の陰湿なやり口が卑劣《ひれつ》に思えてならなかったのである。

だが、こうなったのも、全て、自分と道場が原因《もと》……。

今となっては、道場を護《まも》ることなど、どうでも良かった。

いっそあんなもの、なくなってしまえばいい……。

雪乃は青雲斉と母の位牌《いはい》を胸に、東へ、東へと、逃げていった。

行く宛《あ》てもなければ、目的もない。

この胸にしっかりと焼きついた、慙愧《ざんき》や怨念《しゅうねん》、追想《ついそう》の念《ねん》を、生きていて、自分は払うことも出来なければ、凜乎《りんこ》と立ち向かうことも出来ない……。

悶々《もんもん》と喘《あえ》ぎながらも品川宿まで辿《たど》り着いたとき、雪乃の張り詰めていた意力が、ぷつりと切れた。

闇雲《やみくも》に浜を歩き回り、ふっと海中から誰かが囁いたように思い、一歩脚《あし》を踏み出した。

さあ、おいで……。

それは、青雲斉の声のようにも、竜也の声のようにも思えた。

いや、圧《お》し殺した低い声であったが、母の声だったかもしれない。

一歩、また一歩……。

雪乃は海中へと踏み入った。

が、そのとき、背後から、ぐいと袖が引かれた。

「莫迦なことはお止め！」

立場茶屋おりきの女将であった。


「いやあ、さすがに、聞きしに勝《まさ》る見事な料理でした。殊に、あの黄金色に輝く焼物。とろりと舌の先でとろけるようでしたが、あれはなんという魚でしょう」

食後の茶を運んでいったおりきに、玄蕃が少年のように日を輝かせて言った。

「あら、おみのは説明しませんでしたか。太刀魚の蠟焼ですのよ」

「太刀魚？　あの長くて、銀色に光る魚ですか？　まさか……。それがしは瀬戸内の生まれですので、初夏から秋にかけて、度々《たびたび》食しますが、白身で、身が柔らかいので、大概、塩焼で食べます。が、ふん、成程。言われてみれば、食感は確かに太刀魚のものですな。だが、何ゆえ、あのように黄金色に……」

玄蕃は目をまじくりさせると、そう言えば、お女中が何やら説明していたようだが、食べるのに夢中《むちゆう》で……、と照れ笑いした。

おりきは焙じ茶を淹れながら、蠟焼の調理法を説明した。

「成程、大したものだ。当初は、雪乃どのが旅籠の女将になられているのに驚きましたが、どうしてどうして。いや、実に気扱のある、居心地《いごこち》の良い旅籠だ。しかも、あなたは立派に女将を務めておられる。道場におられた頃も、初々《ういうい》しい出花のような香《かぐわ》しさがありましたが、今こうして、改めて拝見しますと、成熟した女ごの色香《いろか》まで漂わせておられる。雪乃どのは我ら門弟たちの憧憬《どうけい》の的でしたが、現在《いま》では、品川宿の華ですね」

「お止し下さいませ。わたくしは、すっかり歳《とし》を取ってしまいました」

「なんの。女ごの盛りは三十路からと言いますぞ。雪乃どの、ご結婚は？」

「いえ……」

玄蕃は驚いたように、目を瞠《みは》った。

「一度も？」

「はい」

「そうですか。雪乃どの、いまだからはっきり申しましょう。あの頃のあなたは、美しさの中にも、陰のようなものを秘めていらっした。だが、どうでしょう。現在《いま》のあなたには、微塵《みじん》も陰がない。寧ろ、自信に光り輝いておられる。ふっ切れたのですね、何もかもが」

おりきはお茶を淹れ替えましょうね、と言うと、茶櫃《ちゃびつ》の中から蓋《ふた》つきの湯呑と、喜撰《きせん》の入った茶缶《ちゃかん》を取り出した。

「食後に、鹿子餅《かのこもち》などいかがでしょう」

「そいつは有難い。それがしは男のくせに、下戸《げこ》でして、甘いものには目がありません」

玄蕃は実に嬉しそうな顔をした。

急須の葉を取り替え、喜撰に湯を注ぐと、それだけで、馥郁《ふくいく》とした香りが鼻を衝く。

「わたくしね、今ではこんなふうに、ふと、お茶の香ばしさに触れたときや、冬の寒空のもと、健気《けなげ》にも花をつける侘助を見たとき、何より、お客さまの満足して下さる顔を拝見したときに、得も言われぬ充足感《じゅうそくかん》を感じますの。今までのわたくしは、道場を護ることや、苦労の末、父が手に入れた武家の立場を護ることに汲々としてきたように思います。そのために、何気《なにげ》なく目にする自然や、生き物の美しさ、逞《たくま》しささえ、気づかなかった。わたくしね、ここに来て初めて、人を祈らば穴ふたつ、という言葉を知りました。それまでのわたくしは、怨恨《えんこん》と自責の狭間《はざま》で揺れ続け、息苦しいほどでした。ですが、この旅籠の先代女将から、人を怨《うら》んではならない。怨むことは、やがて、自分を滅《ほろぼ》すことになるのだよ、と諭《さと》されました。目から鱗《うろこ》が落ちたように思いました。以来、過去は振り向かないことにしたのです。ひたすら前を見て、先代女将から得た教訓、人は情の器物、という言葉を信じて、この品川宿で懸命に生きていこうと思っていますの」

「そうですか。それを聞いて、それがしも安堵致しました。雪乃どの、いや、おりきさん、あなたは現在《いま》、幸せなのですね」

「はい」

おりきは軽《かろ》やかに答えた。

「では、国許に戻り、あなたの近況を話しても構わないのですね」

「あっ、それは……」

そう言いかけたが、おりきは暫く考え、

「はい。構いません」

と答えた。

今さら、逃げ隠れすることはないのである。

そう思うと、まだ少し残っていた、澱《おり》のようなものが、すっと掻《か》き消えた。

「実はね、おりきさん。あなたがいつお尋ねになるかと思っていましたが、あなたは一向に尋ねようとなさらない。それで、ああ、やはりまだ、昔のこと、いや、道場のことに拘《こだわ》っておいでなのだと感じましたが、あなたは近況を国の者に知らせてよいとお言いです。それで、それがしもお話しする気になりましたが、道場は今も健在ですぞ。但《ただ》し、名は立木道場から真山道場に変わり、東吾は大先生のような人徳がないのか、天資《てんし》に欠けるのか、門弟は半分に減りましたが、現在《いま》も質朴《しつぼく》と続いています。瀬戸内に柔術を広めようと、ひたすら啓蒙《けいもう》された大先生の志《こころざし》は生きているのです。あなたが出奔《しゅっぽん》なされたあと、藩は、いえ、殿《との》がなのですが、我が藩に柔術を絶やしてはならぬと仰《おお》せで、特別に、東吾を柔術師範にお執り立てになったのです。あなたの出奔につきましても、女子ゆえ脱藩《だっぱん》にはならぬと、騒がないように皆を諭されました。ただ、東吾は落胆したようです。奴は不器用な男で、口も立たなければ、見てくれも悪い。恐らく、あなたは東吾の真《しん》の姿を見ておられぬでしょうが、奴は芯からあなたに惚れていたのです。あなたが藩を去られた後も、雪乃どのを窮地《きゅうち》に追い込んだのは自分だ、と苦しんでいました。そのせいか、奴は未《いま》だに独り身です。道場を潤滑《じゅんかつ》に運営していくためにも、妻帯すべきだと勧めるのですが、雪乃どのが幸せに暮らしておられるのを確認するまでは、自分一人が安気に暮らすわけにはいかぬと、頑《がん》として、首を縦に振ろうと致しません。奴は奴なりに、苦しんでいるのです。だが、こうして、雪乃どのが品川宿で活《い》き活きと暮らしておられると知れば、東吾も悦《よろこ》ぶでしょう」

おりきは、ああ……、と目を閉じた。

自分のせいで、まだ煩悶《はんもん》し続けていた者がいたのである。

だが、おりきはつと目を上げた。

「真山さまにお伝え下さいませ。雪乃は品川宿で幸せに暮らしています。どうぞ、あなたさまも、ご自分の幸せと、新起倒流柔術の普及のため、お心の向くまま、邁進《まいしん》して下さいませと……」

おりきの瞳にぷくりと涙が盛り上がった。

哀しいわけではない。

おりきはその涙を払うように、お茶を淹れ替えましょうね、と言った。


下足番の善助《ぜんすけ》は、旅籠立場茶屋おりきの看板脇《かんばんわき》に、節分札《せつぶんふだ》を貼《は》りつけようとして、はて、と首を傾げた。

看板の右脇には、浪花講《なにわこう》の講中鑑札《こうじゅうかんさつ》が貼ってある。

善助は看板を中に挟み、両脇に講中鑑札と節分札を貼りつけるか、それとも、右から順に、節分札、鑑札、看板とするか、迷ったのである。

確か、昨年は看板を挟むように貼りつけた。

ところが、いつの間にか、右から順に並べ替えられていたのである。

善助が思うに、どうやら、大番頭の達吉の仕業《しわざ》のようだった。

となると、善助にも、再び並べ替えるだけの度胸がない。

だが、もう一度だけ、試《ため》してみてもよかんべか……。

善助はぺろりと舌を出すと、看板の左手に、節分札を貼りつけた。

「節分般若《せつぶんはんにゃ》〈〈〈〈〈」

節分を追儺《ついな》の日とし、浅草寺《せんそうじ》から下された札を門前に貼って、厄除《やくよ》けとしたのが始まりだが、数年前から、ここ品川宿界隈《かいわい》の寺でも、配られるようになっていた。

善助は早朝から品川寺《ほんせんじ》の門前に並び、いの一番に貰《もら》い受けてきたのである。

俗信だが、この節分札は難産の折、節分の「分」の部分を切り抜いて、水で飲み下すと、たちまち難なく出産するといわれている。

それを聞いてか善助は、節分が終わると丁寧《ていねい》に札を剥《は》がし、ごた箱の中に大切に仕舞《しま》ってきたのである。

今では十枚近くあるだろうか。

「おめえにゃ用がなかろうが、それとも何か、その歳して、若《わけ》え女《おな》ごを孕《はら》まそうって魂胆《こんたん》かァ？」

達吉や茶屋番頭の甚助《じんすけ》がちょっくら返すが、善助は瓢簞《ひょうたん》の川流れがごとく、へヘッ、と笑ってごまかした。

正直なところ、善助はなんのために節分札を集めているのか、自分でも解っていなかった。

ただ、御利益《ごりやく》があると聞けば、それがなんであれ、肌身《はだみ》近くに置いておきたいだけのことである。

「この、すっとこどっこいが！　おめえ、また、看板の左に節分札を貼りやがったな。天骨《てんこつ》もねえ野郎よ。看板の左に貼るなんぞ、みっともなくて敵《かな》わねえや。こういうものはだな、あまり目立たないよう、ほれ、ここか、ここ。慎《つつ》ましやかに貼るもんだ」

達吉は足音を忍ばせるようにして近づいたのか、あっと思うと、もう節分札へと手が伸びていた。

が、些か、糊《のり》が強すぎたのだろうか。

達吉が剝がそうとした途端、節分札はパリッと真ん中から破れてしまった。

「おっ、済まねえ。破れちまったぜ」

「番頭さん！」

善助はあわあわと唇を顫わせた。

「済まねえと謝ってるだろ？　いいじゃねえか、札の一枚や二枚」

「よく言うもんだ。厄除けの札ですぜ。それを破っておいて、その言い種《ぐさ》はないもんだ」

「まっ、そう向腹《むかばら》を立てるもんじゃねえ。やりくじった俺が悪い。もう一遍《いっぺん》、詫《わ》びを言うからよ。済まなかったな。これで機嫌を直して、新しい札を貰ってきな」

「えっ、宜しいんでやすか？」

「よいってや」

善助の顔が、飴玉《あめだま》を貰った子供のように、綻《ほころ》んだ。

「じゃ、ひとっ走《ぱし》りしてきやすか！」

善助は片袖《かたそで》をたくり上げると、勢い込んで、駆けていった。

その背を見送りながら、達吉は首を傾げた。

「全く、あの爺《じい》さんだけは、手にも足にも行かねえ。何を考えてるんだか……」

ところが、達吉がどうにも処置出来ないと嘆いた善助が、四半刻《しはんとき》（三十分）後、またまた難題を抱えて、戻ってきたのである。

四半刻後、旅籠に戻ってきた善助は、二本差しの侍を連れていた。

「へえ。あっしが節分札を貰って、地蔵菩薩《じぞうぼさつ》の脇を通りかかったときでやした。このお侍があっしを呼び止めると、ここはどこだ、と訊くんでやすよ。ここはどこでもなかんべよ。品川に決まってらァ。そいで、品川宿の、ここは品川寺の境内《けいだい》だ、と答えたんでやすがね。するてェと、今度は、何ゆえ、自分はここにいる、と訊くじゃねえか。そんなこと、あっしの知ったことじゃねえ。でね、今度はあっしが尋ねたんでやすよ。おまえさんの名前《なめえ》は？　どこから来たって。ところが、鳩《はと》が豆鉄砲《まめでっぽう》を食ったみてェに、ぽかんとしてるじゃないですか。なんだか、何も憶《おぼ》えていねえようでよ。気色悪《きしょくわる》くてよ。そんで、おら、忙しいからと逃げようとしたら、自分を一人で置いて行かないでくれと、なんだか、子供みてェな顔をして、頼みやしてね。しょうがねえんで、連れてきたってわけでやして……」

善助が怖《お》ず怖ずと、上目遣《うわめづか》いに達吉を見る。

開いた口が塞《ふさ》がらないとは、このことである。

善助が連れてきた侍は、雲か霞《かすみ》でも摑むかのように、きょときょとと、頻《しき》りに四囲に目を配っている。

何を見ても不思議そうに、天上人《てんじょうびと》が突如《とつじょ》、地上に降りてきたような顔をしているのだった。

年の頃は、二十七、八だろうか……。

上下《かみしも》は着けておらず、袱紗《ふくさ》小袖《こそで》に羽織袴《はおりはかま》だが、どちらも値《ね》の張りそうな上物《じょうもの》である。が、髷《まげ》だけは、どういうわけか、乱れていた。

元結《もとゆい》が弛《ゆる》んだのか、鬢《びん》も髱《たぼ》もぐさぐさである。

「おまえさん、名前は？」

達吉が尋ねた。

「…………」

男は懸命に考えているようだったが、思い出せないのか、茫然《ぼうぜん》とした目を達吉に戻した。

「どこから来なすった」

「…………」

「その形《なり》を見るてェと、お武家にゃ違《ちげ》えねえが、旗本《はたもと》かえ、御家人《ごけにん》かえ？　それとも、どこかの藩士でやすか？」

「…………」

何を訊いても、無駄のようである。

男はなかなかの雛男《ひなおとこ》であった。

色白で中高、二重瞼《ふたえまぶた》の涼しげな目許をしていた。

「こりゃ、おてちんだ」

達吉がそう言ったとき、男は力尽きたように、ぐらりと蹌踉《とう》めいた。

善助がその身体《からだ》をぐいと支《ささ》える。

「番頭さん、大変《てえへん》だ。すげェ熱だ……」

「どれ、おっ、こりゃ……。善助、女将さんを呼んでこい！」


そうして、男が立場茶屋おりきの茶室で寝込むようになって、今日で、五日目である。

おりきは寝屋として使っていた茶室を男に明け渡すと、現在《いま》は、帳場で寝泊まりするようになっていた。

元々、帳場は主人の寝屋として造られたようである。

そのためか、帳場は八畳ほどの座敷になっており、蒲団《ふとん》や身の回りの物を仕舞う、納戸《なんど》までついていた。

どうやら、先代の女将も旅籠が出来たばかりの頃は、帳場を寝屋として使っていたようである。

だが、寸暇《すんか》を惜《お》しみ、閑雅《かんが》に茶を嗜《たしな》もうと造った茶室が、結句、一度も使われることなく、病に伏した先代の隠居部屋となってしまったのだった。

以来、おりきも茶室を寝屋として使ってきた。

だが、客でもなく、素性《すじよう》の定かでない侍を泊めるとなると、やはり、茶室を明け渡すしかなかったのである。

男は三日三晩、高熱にうなされた。

内藤素庵《ないとうそあん》の診立《みた》てによると、精神的に何か酷《ひど》い衝撃を受けたことが原因だろうが、身体もかなり衰弱しているということだった。

素庵が男の身体を具《つぶさ》に調べたところ、外傷はなかったが、脾臓《ひぞう》のあたりが腫《は》れていた。

「岩見銀山《いわみぎんざん》を微量、毎日続けて摂取すると、時折、こういう症状が出るようだが……。だが、まさかのう……」

素庵は思案投《しあんな》げ首《くび》考えていたようだが、判らん、と投げ遣《や》りに言った。

四日目、男はようやく意識を取り戻した。

だが、相変わらず、自分が誰なのか、どこにいるのかさえ分からない様子である。

おりきは善助から知らせを受けて玄関先に駆けつけ、達吉の腕の中で海鼠《なまこ》のようにぐにゃりとした男の顔を見たとき、胃の腑《ふ》が飛び出すのではないかと思ったほど、狼狽えた。

竜也さま……。

だが、まさか、そんなことがあろうはずがない。

気を取り直して、もう一度、今度はすぐ近くまで寄っていき、確かめた。

色白なところや顔の輪郭、中高なところまで、成程、雰囲気こそ似ているが、男にしては肉厚《にくあつ》な唇《くちびる》や、顎《あご》が心持ち割れたところなど、竜也にはない特徴を持っていた。

おりきは安堵と落胆のない交《ま》ぜになった、複雑な想いに陥《おち》った。

二廻《ふたまわ》り（二週間）ほど前、久々に藤田竜也のことを思い出したばかりである。

とっくの昔に、自分の心の中で折り合いをつけていると思っていた竜也……。

だが、竜也に似た男を見て、このように狼狽えてしまうとは……。

しかも、今日は、八年前、おくにが竜也と無理心中を図《はか》った、節分である。

皮肉な巡り合わせとしか、言いようがなかった。

「女将さん、あのお侍をどうなさるおつもりですか」

おうめが興味津々《きょうみしんしん》に、日に一度は尋ねてくるが、おりきにも、どうすればよいのか分からなかった。

いずれ、亀蔵親分の力を借りることになるだろうが、とにかく今は、あの方の体力を元通りに戻すのが先決である。

全ては、それから先のこと……。

「そうですよね。ようやく、粥が食べられるようになったんだ。それに未だに何ひとつ思い出せないのじゃ、仕方がありませんよね。けれども、せめて、名前くらい分からなきゃ。食事を運んでも、なんて呼びかけていいのか分からないのですもの。おきわやおみのも困っています。ねっ、女将さん、あの方の名前が分かるまで、便宜上《べんぎじょう》、あたしが適当な名前をつけていいですか?」

「構わないけど、で、どう、お呼びだい?」

「そうですねえ……。そうだ、あの方、節分の日にやって来たのですよね。今は二月、如《きさ》月《らぎ》だ。節分だから、鬼……。鬼《き》太《た》郎《ろう》かァ……なんだか間抜けだな。そうだ、鬼《き》一《いち》郎《ろう》! ねっ、如月鬼一郎《きさらぎきいちろう》ってのはどうでしょう」

「まっ、なんてことを……」

おりきはくすりと笑った。

「おうめ、それではあの方を追い払うことになりますよ」

「あっ、そっか、鬼だものね。でも、可愛《かわい》くて、男前の鬼なんて、あたしは大歓迎だ。決めました。あの方の名は、如月鬼一郎。さっ、おきわたちに知らせてこなくっちゃ」

おうめはそう言うと、帳場を出ていった。

そろそろ、八ッ半（午後三時）である。

手隙となった今のうちに、あの方に着替えをしてもらおう……。

おりきは洗いたての浴衣《ゆかた》を手にし、そうだった、如月鬼一郎さまだった……、と肩を竦めた。

茶室に向かうおりきの頬を、痛いほどに、海風が叩いてくる。

まだ、春は遠い……。

ゆっくりと、茶室のほうに歩いていき、おりきは、あらっと目を瞠った。

朝方見たときには、まだしっかりと口を閉じていた侘助が、海に向けて、溢《こぼ》れんばかりに白い花を開いていた。

本書は時代小説文庫（ハルキ文庫）の書き下ろし作品です。

時代小説文庫
い6-3

さくら舞《ま》う 立場茶屋《たてばぢゃや》おりき

著者 今井絵美子《いまいえみこ》

2006年11月18日第一刷発行
2012年 3月18日第九刷発行

発行者 角川春樹

発行所 株式会社 角川春樹事務所
〒102-0074 東京都千代田区九段南2-1-30 イタリア文化会館

電話 03(3263)5247[編集] 03(3263)5881[営業]

印刷・製本 中央精版印刷株式会社

フォーマット・デザイン＆シンボルマーク 芦澤泰偉

ISBN4-7584-3261-9 C0193
http://www.kadokawaharuki.co.jp/[営業]
fanmail@kadokawaharuki.co.jp[編集] ご意見・ご感想をお寄せください。

時代小説文庫

今井絵美子

月影の舞

立場茶屋おりき

書き下ろし

立場茶屋「おりき」の茶立女・おまきは、夜更けの堤防で、月影を受け、扇を手に地唄舞を舞っている若い女を見かけた。それは、幾千代の元で、芸者見習い中のおさんであった。一方、おりきは、幾千代から、茶屋の追廻をしていた又市が、人相の悪い男たちに連れられていたという話を聞き、亀蔵親分とともに駆けつけるが……。茶屋再建に奔走するおりきと、品川宿の人々の義理と人情を描ききる、連作時代小説シリーズ、第四弾。

今井絵美子

秋螢

立場茶屋おりき

書き下ろし

「茶屋や旅籠の商いも至って順調です」——おりきは先代の墓参りに訪れた寺で、四十絡みの品のある面長な顔をした男性とすれ違った。もしや先代の一人息子?! と思ったが、声をかけることはできなかった。その晩、おりきは鬼一郎の胸に抱かれている夢をみた。鬼一郎の身に何かが起こったのではと心配になるが……(「秋螢」)。表題作他全五篇を収録した、涙と笑いと義理と人情に溢れた大人気シリーズ、第五弾!

時代小説文庫

母子燕《おやこつばめ》 出入師夢之丞覚書

今井絵美子

書き下ろし

半井夢之丞は、深川の裏店で、ひたすらお家再興を願う母親とふたり暮らしをしている。亡き父が賄を受けた咎で藩を追われたのだ。鴨下道場で師範代を務める夢之丞には〝出入師〟という裏稼業があった。喧嘩や争い事を仲裁し、報酬を得ているのだ。そんなある日、呉服商の内儀から、昔の恋文をとり戻して欲しいという依頼を受けるが……。男と女のすれ違う切ない恋情を描く「昔の男」他全五篇を収録した連作時代小説の傑作。シリーズ、第一弾。

星の契 出入師夢之丞覚書

今井絵美子

書き下ろし

七夕の日、裏店の住人総出で井戸浚いをしているところに、伊勢崎町の熊伍親分がやって来た。夢之丞に、知恵を拝借したいという。二年前に行方不明になった商家の娘・真琴が、溺死体で見つかったのだが、咽喉の皮一枚残して、首が斬られていたのだ。一方、今度は水茶屋の茶汲女が消えた。二つの事件は、つながっているのか？（「星の契」）。親子、男女の愛情と市井に生きる人々の人情を、細やかに粋に描き切る連作シリーズ、第二弾。

時代小説文庫

今井絵美子
鷺の墓
書き下ろし

藩主の腹違いの弟・松之助警護の任についた保坂市之進は、周囲の見せる困惑と好奇の色に苛立っていた。保坂家にまつわる因縁めいた何かを感じた市之進だったが……(「鷺の墓」)。瀬戸内の一藩を舞台に繰り広げられる人間模様を描き上げる連作時代小説。「一編ずつ丹精を凝らした花のような作品は、香り高いリリシズムに溢れ、登場人物の日常の言動が、哲学的なリアリティとなって心の重要な要素のように読者の胸に嵌め込まれてくる」と森村誠一氏絶賛の書き下ろし時代小説、ここに誕生！

今井絵美子
雀のお宿
書き下ろし

山の侘び寺で穏やかな生活を送っている白雀尼にはかつて、真島隼人という慕い人がいた。が、隼人の二年余りの江戸遊学が二人の運命を狂わせる……。心に秘やかな思いを抱えて生きる女性の意地と優しさ、人生の深淵を描く表題作ほか、武家社会に生きる人間のやるせなさ、愛しさが静かに強く胸を打つ全五篇。前作『鷺の墓』で「時代小説の超新星の登場」であると森村誠一氏に絶賛された著者による傑作時代小説シリーズ、第二弾。

(解説・結城信孝)